I0664757

NEVER MORE

Reynaldo Cañizares

A mi madre Juana María Mesa
A mi esposa Isa
A Lorenzo y Rebeca
A Alden y Glebys
A Oria García

Monólogo del cuervo

Amanecía. La habitación iba rasgándose por un jirón de luz y un olor denso rojizo; por todas partes se veían esparcidos montones de papeles, ropas, colillas.

Edgar estaba sentado a la mesa, formándome en voz baja. Eran las voces desgarradas de William Wilson, Fortunato, Ligeia y de la Muerte Roja. Era la voz del Corazón atravesado por la sombra transparente del Péndulo del tiempo y que hablaba como si el Pozo, aquel agujereo sin final, fuese también un dolor vivo en la memoria o la memoria misma, la nostalgia marcada por el insomnio y la sensualidad de los espectros azules y grises por él mismo creados.

Acercó su mano a mí, rozó con los dedos el aire, el lugar, la luz transparente que nacía y que debía ser yo. Advertí que sus ojos estaban húmedos.

Inclinó la cabeza sobre el pecho y murmuró:

—Oh, mi cuervo.

…entonces fui condenado a la eternidad por su pluma, esas líneas tan sutiles que separan el genio de la locura. Yo serpiente y ave al mismo tiempo; alimentado por la realidad de este hecho: la fuerza secreta de sus sueños; el abismo absoluto de los mundos incompletos, las imágenes enterradas, el final de unas cosas y el principio de otras, la angustia…. «¿Quién entiende a los demás seres humanos, su naturaleza?» se preguntó.

—«Solo yo» —pensé.

Ellos no pueden adivinar mi forma real, mi identidad; de hacerlo y sin motivo alguno me atacarían hasta causarme la muerte y después colgaré cabeza abajo como un trofeo, cosa curiosa que se recuerde o ni siquiera eso.

Sus imágenes, reflejos difusos sin poder alguno, estarán a salvo mientras se mantengan disgregadas, sin soluciones.

Sus pensamientos la única magia verdadera, capa tras capa, negro contra negro: puros, abandonados, torcidos, desintegrándose, metamorfosis. Un espacio que se agita y se multiplica hacia mis oídos y que también pudo reconocer como un lenguaje. Ahora están fuera de mi alcance, se pertenecen a si mismos. Me extiendo hacia ellos y entonces escucho un ruido como de algo que estuviesen matando…. ¿Una persona? ¿una razón? ¿un sentimiento? Ellos quieren salir, quieren que abra las ventanas y las puertas; yo soy el único que puede.

LOS PENSAMIENTOS

Semillas de papel venidas desde la lejanía, flores resucitadas por la evocación de la memoria. Leo el poema más romántico de todos los poemas románticos.

Todo justificado, real y coherente. Sonidos de angustia emitidos entre los sentimientos confusos y la eterna respuesta del ave al filo del Génesis o el Apocalipsis.

Después grandes y pequeños acontecimientos que han sacudido a generaciones enteras y que algunos han querido mostrar como fantasías formadas en el aire. Y es que más que verlo lo percibo: un pájaro posado en mi ventana, una diversidad de especie y lenguaje, un arcoíris de ideas demasiado prolongadas; señales invisibles de su figura ausente.

–¿Quién eres? –le pregunto y su respuesta es como un sueño letárgico, doloroso o una cortina de humo: «Soy todo lo que pudieras ser».

Las profesiones no se eligen, son tan viejas que uno las busca en vano, como si tuviéramos el recelo de perderlas, con desespero o dulcemente dispersas en vago resplandor misterioso: marinero, ejecutor de obras, estudiante universitario, profesor de secundaria...Es el destino o algo que nos sujeta imperceptible en el momento justo de una vida que un día u otro deja de pertenecernos.

También es el tiempo, las horas redondeadas por la erosión de la memoria. Personas, hechos en que la arena que pasa a través del reloj de estos días habituales y solitarios se entrecruza en otras distancias, flotando.

Los nombres apenas se distinguen perdidos en el azul de esta tarde dibujada por el mismo que dibujó las ciudades, las ideas, las personas, en una intimidad que se confunde con presencias misteriosas e intangibles. Se perdieron pero pegados, apretados a mí y ahora irrumpen desde la oscuridad del tiempo entre murmullos apagados por el regreso de los recuerdos.

Tío Bena, Jorge... todo evaporado, fundido en gelatina oscura de sentimientos. Cada uno convertido en un todo –y sin yo saberlo– en imagen símbolo de la muerte.

A los quince años yo era marinero en el «Cayo Largo del Sur» o tal vez trabajase en otro lugar, porque nada es único ni acaba.

Ciudad del Cabo, días enteros entre nudos y bodegas recogiendo y envasando el cargamento. Ciudad de los desesperados y los tristes, negros por las calles o bajo cualquier amparo en la muerte transitoria del agotamiento.

No fue lo mismo, comprendí al tío y a Martí, casi los toqué al conocer el crimen inútil, entonces descubrí cual era la zozobra de ambos –tío Bena se sentaba en la sala, con sus grandes espejuelos durante las noches interminables con las Obras Escogidas de Martí, solo interrumpidas para leernos a Jorge o a mí algún fragmento incomprensible para nosotros y que a él lo había preocupado- me quedé quieto, creyendo que no pensaba en nada, que solo pensaba que no era mi país. La muerte acorralada hasta ella misma hecha a rutina. Pero mi deseo era no ir a ninguna parte -el auto de un blanco atropellando a un negro y una moneda arrojada en pago por la ventanilla- la oscura e ilimitada desolación ya libre de violencia.

-¡Vámonos de aquí! -me dijo uno de mis compañeros, casi arrastrándome, la voz agarrotada; luego más palabras recogidas por la mente después, como campanadas vistas más que oídas.

El golpe, un resplandor brillante y en medio de la calle la silueta rota de la inocencia.

-Nunca voy a olvidar la cara de ese hijo de puta - dije.

Un rostro hecho de iluminaciones y vacíos, una sonrisa naciendo de la nada, del triunfo salvaje y del desafío, pero también del desprecio y hasta del adiós.

Todos los criminales tienen la misma cara.

Ni siquiera elegimos nuestros sueños; la frágil caja de Pandora -solo la voluntad de soportarlo todo y la previsión de la derrota- donde nada tiene comienzo ni termina.

Ahora soy policía.

Monólogo del cuervo

Ahí se van otra vez batidos por el viento, espaciados cual una meta y un punto de partida, encadenados o sueltos, el antes de nacer o el después de la muerte… los pensamientos.

CAPÍTULO I

Senderos, sombras, luz

Ulises, mi amigo y compañero en el Departamento me acompañan.

Jorge tendido en la no existencia. Su lugar una posible respuesta al importante problema filosófico: ¿Qué desaparece primero, la materia o la conciencia? Lo evidente es que hace horas se marchó hacia ese tranquilo lugar donde solo el recuerdo y las flores podrán encontrarle.

Poco a poco la voz de tía Emilia se acerca, haciéndose sin mirarla casi sensible a los ojos.

–Cuando nos dimos cuenta de que algo extraño le sucedía y que se estaba hinchando le insistimos para que fuera al médico, pero no hubo quien le hiciera ir...

Escucho el sonido largo y discontinuo que se difunde por la sala. Entonces me levanto y me acerco al féretro. Un rostro abotagado, exangüe, los ojos amoratados y los labios crispados en extraña violencia.

El olor gris del servicio fúnebre mezclado con el de las coronas está saturado de leves susurros; ese temblor que el presentimiento convertido en certeza suscita la imagen seguida de los escalofríos de la muerte inconfundible.

«Chispa é tren», pienso. El aguardiente casero y temible destilado en las mieles de purga y que tantos nombres recibe: calambuco, salta pa´tras, tres pasos...

Quien haya vivido como yo en el batey de un ingenio en estos dolorosos años del «Período especial» y de la forzada ley seca por los elevados precios del mercado, quien haya escuchado tantas veces aquel acento rápido y ligero, aquella risa suave tan propia, quien haya visto tantos ojos brillantes de lágrimas, espejos donde la grandeza y la cobardía estallan en los rostros hinchados, como formando una expresión que tiene algo de humilde y orgullosa, conoce a la bestia.

–Lo mató la bebida –le susurró a Ulises.

–¿No dicen que fue un infarto?

Me siento turbado casi culpable ante el cuerpo de Jorge, no por un sentimiento de compasión y respeto ante las categorías de causa y efecto, sino porque también antes de relevarme contra su estúpida tiranía, había como tantos otros buscado en el monstruo el efímero triunfo.

Pero no digo nada. Aún.

Vuelvo a la silla. Las voces llegan hasta mí, dulces y apagadas.

–... hinchado, pálido: No era él, era un monstruo salido de un cuento para aterrar a los niños. Apenas podía hablar porque ya estaba muerto; siempre lo estuvo y lo que nosotros veíamos, tocábamos, era algo borroso, irreal y distante, su fantasma, nada.

Una de estas anti-madonnas recortadas de una revista de modas y que con tanto acierto los fotógrafos postmodernos negaron a Rafael; una de esas ninfas descritas por Chandler y –que después de una noche de esperanzas y en el momento crucial aducen un repentino y profundo dolor de cabeza. Una muchacha.

Su compañero es un hombre alto y delgado, luce juvenil a pesar del cabello encanecido. Se miran desconsolados, reflejando cada uno su desolación en los ojos del otro y en una conversación tan íntima que parecen que estuvieran solos dentro de una burbuja de agua.

No sé porqué agradezco sus palabras y las lágrimas.

Vidas. Hechos. Huellas de mi mismo, quizás sería mejor volver aspirar el olor de la infancia.

De los tres a quien más quise fue al tío Bena. No porque no amase a tía Emilia y a Jorge, sino por aquel aire misterioso y distante que tenía, su voz ronca y forzada que sonaba como música antigua, los ejercicios matinales con las pesas para disimular el vientre redondeado, las caderas demasiado anchas, los hombros demasiado estrechos y también su eterno temor a los cambios meteorológicos.

Quizás en él yo buscaba el signo, la palabra secreta que me introdujese en aquel nuevo Paraíso, que según sus palabras se estaba edificando en Europa.

Me encantaba pasar mis vacaciones con ellos. También estaba Lico, el amigo de Bena, aunque solo para él era importante.

A veces en las noches yo escuchaba a los tíos discutir, pero eran incidentes que se arreglaban pronto. Ella decía:

–Se donde estuviste y con quién

–A mí qué ¿hay algo malo en eso?

–¡Tu sabes lo que hay de malo!

Yo pensaba que no tenía razón, que hacia mal en regañarlo. Al final terminaba amenazando con que se iba, yo la imaginaba casada con otro y me imaginaba al otro grande y rubio, la cara de la bestia enamorada de la bella de Walt Disney. Tía Emilia lloraba.

–Vamos un momento a la casa –me dijo Jorge un día en que nosotros los muchachos del barrio nos disputábamos unas cajas de bolas.

Pegamos los oídos a las persianas del cuarto. Voces lentas y graves que de vez en cuando se transformaban en acentos casi femeninos y se apagaban en delicados susurros.

–¿Los oyes? –me preguntó sin disimular la rabia.

Lo convencí de que era inútil decirle nada a tía Emilia y también por eso quise más al tío, porque con mi edad también yo era importante, pues aunque no lo supiera, él, Lico, Jorge y yo teníamos un secreto.

En cambio, los demás muchachos parecían enterados de la relación entre Lico y tío Bena y por los comentarios que llegaban a él o porque lo hicieron centro de las burlas más crueles, Jorge comenzó a rechazar a su padre, a tía Emilia y hasta mí.

Así, sin cambiar mientras pasaban los años, como disculpándose, se dio a demostrar que no era como tío Bena, aún –y de eso estoy seguro– sin comprender las profundas razones que lo inducían en parte a sentirse culpable, a odiar a los homosexuales y a todo lo que oliera a socialismo.

–Hay que ser un canalla o un pervertido para ser marxista –decía.

–Al contrario, Marx rechazaba esos defectos –ripostaba yo– criticaba hasta el esteticismo que tú practicas.

–Marx mismo fue un esteta y un fracasado que arruinó a su familia para después ensalzar el papel de ella con mil teorías hipócritas.

–Te equivocas, tú si eres un hipócrita y al criticar según tu código lo más abyecto del vicio, me demuestras que tú y no Marx es quien está atacando las buenas costumbres y las leyes sociales.

–Y siempre estaré en contra de sus leyes porque son un bluff. Ustedes piden prestados los motivos, no importa en nombre de quien si les conviene. Hoy sus contrarios son los burgueses que tienen las riquezas, mañana cuando se hayan apropiado de ellas puede surgir un Julián Pérez que condene al conformismo proletario y entonces no hay duda de que declararán a Marx su enemigo, proscribirán la Internacional y Julián Pérez será coronado paladín del nuevo orden para despojar a los trabajadores, así es la cosa.

–¿A quién llamas ustedes, acaso tus amigos o los míos o crees que puede haber, incluyendo la nuestra, otra generación más corrompida, cínica y desesperada que los que huyeron de este país en los años sesenta?

No respondió. Así, uno de los dos siempre cedía; ahora pienso en lo que pudimos decir pero callamos, en los errores de nuestras palabras y los fantasmas que nos perseguían todas las noches.

Ya yo había dejado los barcos y estaba dando clases cuando se descubrió que tío Bena había contraído el Síndrome, la terrible enfermedad de los pederastas y las prostitutas y que por el distanciamiento que habían mantenido desde mis años infantiles tía Emilia se había salvado.

Aún está en mi memoria la última visita que le hiciera antes que la enfermedad lo venciese –en «Villa Los Cocos», antiguo paraíso turístico y luego Sanatorio– después que tía Emilia y Jorge habían renunciado a verlo, avergonzados de su conducta.

Él y Lico abrazados, sonriendo ambos con maravillosa resignación, indiferentes ya a toda convención social, como Virgilio con refinada perversión abraza a Sordello en el «Infierno» de Dante.

Tío preparó café y lo tomamos con galletas y mermelada sentados los tres a la mesa.

–Parece que vuelvo a tener familia –dijo con los ojos húmedos de aquellas tardes en la casa del Condado.

Pero fueron demasiadas palabras, demasiadas altas las risas.

Lico se fue primero, despés le tocó turno a él; aunque prefiero pensar que el tío, marxista indiscutido, víctima del sentimiento más noble de dos seres humanos de cualquier sexo, no murió del mal sino que comenzó a desaparecer junto con su sueño de la nación maravillosa y que lo enterramos el mismo día en que cayó la última piedra de la última Democracia Socialista de Europa del Este.

Monólogo del cuervo

Ya iba a formularles la pregunta que desde hacía rato excitaba mi curiosidad, ya iba a pedirles con voz temblorosa que me contasen más del tal Jorge, cuando esos pensamientos son superpuestos por otros; más turbulentos, más inquietos, más tristes quizás.... Sí, fugaces y definitivos, tan vivos como la abstracción ausente y presente de sí mismos o la catástrofe que los ha transformado en lo que no han querido ser; el inexorable equilibrio entre victoria y desastre, el amenazante prodigio de una nueva vida.

LOS PENSAMIENTOS

Los rumores vuelan de boca en boca, de casa en casa y eso es malo; pero es mucho peor tener uno dentro y saber que no va a salir nunca, que no puede escapar.

Quisiera ser otra y agarrarme a mí por los hombros y sacudir para que mis pies se posen en la tierra y después abrazarme hasta encontrar una palabra o un gesto de consuelo. Pero no aquí como en todas partes adonde vaya, donde se acumule el sufrimiento estaré sola.

Un día recomenzó todo y tuve de nuevo el presentimiento de la desgracia.

Bajé los libros del estante en el cuarto de Jorge para desapolillarlos. Detrás de la primera hilera había un cuaderno grande, lo abrí; era un álbum de fotografías casi rotas de tanto uso.

Una locura: afeminados semidesnudos exhibiendo finos modelos de ropa interior de mujer, zapatos de tacones, medias altas. Locura completa: ellos mismos desnudos en posiciones obscenas y los ojos delirantes, otros con sus partes increíblemente hinchadas jugueteando entre sí.

No quise ver más.

«Ay, Jorge», me dije, «que Dios te perdone porque yo no puedo. ¿Es que esta pesadilla no acabará nunca? Y que me perdone a mi también, pero si el dinero lo ganas vendiendo esas cosas prefiero la muerte mil veces por hambre antes de podrirnos por siempre en el infierno.»

No hablo, no me muevo, no respiro; no soy ni siquiera un animal ni una cosa. Soy nada.

CAPÍTULO II

Dile al tiempo que vuelva

Escucho a tía en la cocina mascullando algo. Una pregunta: «¿Cuál será ahora el motivo para vivir?». Si es necesario nuestra conciencia inventa un pretexto, lo imagina o lo finge, pero el cuerpo no vive sin él, porque en medio del caos, el amor, aunque sea ese pretexto nos da la medida real de nuestra pérdida.

Tía se vuelve, secándose los ojos en el delantal. La veo más vieja y gastada, quizás durante años arrollada por el abandono. Quisiera abrazarla. La abrazo.

–No se culpe tía –le digo– usted no podía evitar que él bebiera.

Se separa de mí para quedarse mirándome.

–Jorge nunca tomaba, ahora menos. Cuando estaba con esa muchacha a veces, pero últimamente nunca, ¿por qué me dices eso?

Una conciencia errante y perdida, una inocencia habitada y resucitada en su letargo.

–Fue un castigo –dice.

A diferencia de los cristianos de última hora –como ocurre que por la escasez y los sufrimientos de estos difíciles años evocaban de improvisto una fe desde tanto tiempo olvidada o abandonada– como siempre que alguna inexplicable catástrofe azotaba a nuestra familia, las tías, abuela y mi madre atribuían aquel flagelo a un castigo divino, veían en la muerte o los accidentes la cólera de los santos contra el pecado, la corrupción y los vicios. Y junto al arrepentimiento y la certeza de ver castigados a los malvados, aún con la ingenua fe en la veracidad de una cruel e injusta naturaleza, con la conciencia de los propios pecados venía quizás también un castigo a ella por estar unida a Jorge no solo por lazos de familia y afecto, sino por la vergüenza y la humillación.

–Se lo dije, que olvidara a esa muchacha que andaba acabando por ahí, que no enemistara con Daniel que era su amigo y un buen muchacho. Pero no, su compañía era ese Manolito Mena ¡Mira que lo aconsejé que dejara esas ideas y esa violencia!

Le paso la mano por la espalda, de cuando en cuando un estremecimiento la sacude.

–Después lo de la tal Nora en venganza por tanto daño que nos hiciera Rogelio el poeta.... ¡Fue un castigo!

Tal vez en el fondo de sus sentimientos esperase de una manera inocente la absolución o que yo le diera el poder de hacer resucitar a Jorge o simplemente el motivo y la fuerza para rebelarse contra las leyes divinas de la creación y seguir viviendo.

–Quisiera ser otra y agarrarme a mí por los hombros y sacudir hasta que mis pies se posen en la tierra y después abrazarme...

–No, tía, por favor, no diga esas cosas que me asusta.

Permanecemos un rato silenciosos, yo acaricio todavía su espalda algo encorvada. El aire es misterioso como ese hombre que repite en voz baja: «Jorge, Jorge»... temblando en un espejo transparente de lágrimas.

–Un castigo –como un disco– hasta a mí la otra noche casi me atropella una máquina.

–¿Qué máquina fue esa? ¿De qué habla?

–Un carro blanco grandísimo, se subió en la acera...

Trato de calmarla, de detener sus lamentos que ahora tienen una sonoridad argentina en medio de esta triste y afectuosa casa que conozco como la mía propia.

Conozco el cuarto pero dentro de él hay un dolor nuevo. Quizás Jorge pensaba en la muerte. Tal vez siempre supo que moriría solo sobre esta cama, como un animal enfermo: «Infarto del miocardio», certificó el forense; la lluvia caía sobre la tierra y durante horas escuchamos su murmullo sobre los pinos del parque, mientras el viento los sacudía furiosamente.

También fue el cuarto de los tíos de recién casados, el rincón que Bena había construido y decorado con frescos y telas del realismo mágico.

Comienzo por revisar en los lugares habituales donde una persona puede guardar cosas importantes. Y siento al levantar el colchón y abrir las gavetas de la cómoda otro dolor, este que parece una voz que se eleva, una voz que llama.

–El libro que tú buscas no está ahí, Jorge quemó las fotos.

–¿Qué libro y que fotos son esas, tía, aclárame?

–Yo no sé nada, no me preguntes –dice ella y se marcha.

Todavía abierto en el armario lo último que él leyera: el nuevo Evangelio de San Agustín, reivindicación de publicanos y pecadores, dentro de él cartas de la tal Nora; me las guardo para leerlas después con más calma.

Voy sacando los demás libros y los reviso cuidadosamente, nada...pero continúo, recordando a aquel niño siempre presente en el lado oculto de la fiesta de los girasoles de Van Gogh_ una imitación, claro –y hombre ya–, el rostro pálido, sus ojos abiertos llenos de aquella extraña luz que adquieren las pupilas cuando la muerte se posa sobre ellas.

Se levanta de detrás de la cama una sombra recamada contra un manto blanco: una muñeca negra embalsada, dos cabos de vela junto a una botella de sábado corto casi llena y un tabaco a medio fumar. Tomo la botella y la destapo, "alcohol puro", pienso; solo que en el fondo se distingue una mancha blancuzca.

¿Qué habrá empujado a Jorge tan materialista como fue a refugiarse en el oscurantismo? El no haría nada que no hubiese previamente analizado. Deduzco que el tener estas cosas no se restringiría a un sentimiento abstracto de posesión, siento la necesidad de descifrar sus pensamientos, aquellas emociones provenientes de cosas vividas y que lo impulsaron a una situación límite... solo humo

Virginia vive al otro lado de la ciudad pero nos conocemos desde niños y antes de ir a otro espiritista Jorge habría acudido aquí, –imagino– su voz hurgando dentro de mi propia conciencia y removiendo las heridas en un rito de credulidad y confianza.

–Tu primo llevaba la muerte dentro –dice Virginia– y tú la llevas encima, en los límites entre el buen camino y el naufragio.

–No entiendo.

Pero no es Virginia quien habla, quien dice esas vagas palabras.

–Es un espíritu el que habla, el de tu tío Bena.

Cuando era jovencito yo soñaba con Virginia, sus ojos verdes, su belleza tibia y el pelo negro y largo. No sé porque pero algunas noches me despierto llamándola.

–¿Mi tío Bena?

–Tienes suerte, el te protege. Quiere saber de Emilia.

–Tía Emilia está bien, nada más que un poco agotada.

–Dice que te cuides de la serpiente, que tú oyes los cascabeles pero no ves la serpiente. Dice que a tu primo lo mató una de esas.

–¿Quién mató a mi primo? Pregúntale.

–Una serpiente.

–No entiendo

–Todavía no puedes entender, pero tienes que cuidarte. ¿Quieres verlo?

Un tío Bena pequeñito y de color violeta metido dentro de un vaso de agua.

Virginia pone una mano sobre mi brazo.

–¡Cuídate! –repite.

Entonces veo que todavía tiene los ojos grandes y verdes solo que un poco gastados, y las pestañas largas y negras.

CAPÍTULO III

El derecho a soñar

Jesús es un hombre alto y serio. Graduado de Bioquímica en la Universidad de la Habana es uno de los primeros microbiólogos especializados en Francia y vive en el Batey del ingenio donde yo también resido.

Jesús tiene un laboratorio contiguo a la Sala de Análisis y procesamiento de Información del Departamento y en el que se puede encontrar desde un torno de masas hasta un analizador de gas marca Sanyo, con gama para más de doscientas sustancias conocidas.

Y lo más importante: es mi socio.

–Me cuentas que es algo no oficial, como decir un entretenimiento – dice.

–No es oficial, pero no es un juego ni mucho menos.

–¿Para el lunes? –pregunta moviendo la cabeza.

–No puedo demorarme más.

–Pero es que yo no tengo sábado, domingo y lunes comprometidos.

–Oye, no me vengas con esas.

–Tengo que buscarme los frijoles este fin de semana.

Buscarse los frijoles para Jesús es, en el sentido exacto de la palabra, buscarse los frijoles.

–¿Con quién es la cosa?

–Manolito Mena.

Con el «pitón» no vale que el niño tuvo problemas en la escuela, ni me dolía el estómago, ni se murió una tía... él lo entiende, pero si no vas a trabajar al sitio, de granos nada. Por ello ni pienso en todas las calamidades cotidianas que se pueden inventar para salir de un problema.

–Bueno, habrá que dejarlo para el martes –digo.

–De martes a domingo estaré enredado con lo de la biomasa, imagínate, el Coronel ha cogido fuerte lo de la rentabilidad, pago por divisas al Ministerio, tú conoces el mecanismo –responde, mientras toma la botella de mis manos y la observa a trasluz.

Después el silencio. Jesús me mira con una sonrisa inquieta.

–Una reversión completa a las actividades primitivas –dice.

–¿A qué te refieres?

–Una verdadera confusión de las categorías filosóficas y las leyes del desarrollo.

–¿Qué dices?

–El hombre visto al revés; nervios, sangre, huesos por fuera y piel por dentro –pensativo agita el contenido de la botellita sin dejar de mirarme.

–¡Explícate hombre!

–Lo siento –se disculpa– me había perdido en cavilaciones. Me refería a que existen máquinas eficientísimas y sofisticadas, herbicidas selectivos para frijoles y nosotros en la mañana cogiendo el tractor en la esquina de Rafelón, con esas arcaicas azadas manuales.

–¿A las seis en punto? –pregunto desolado.

–Ni un minuto más.

–¿Los tres días?

–Arrastres, metabolitos, sustancias –continúa y acompaña sus palabras con una risita– digamos que el lunes por la mañana ya tienes los resultados.

Entonces inexorable, desgarradora, indetenible, mi pregunta.

–¡¿Y donde carajo voy a conseguir yo una guataca?!

–¿Cómo te fue? –me pregunta el lunes por la tarde cuando voy a verlo.

–Imagínate, de siete a cinco y la carne de los almuerzos se volvió bijaquitas de río, me arden todavía las encías de las espinas.

–La libra de frijoles está a diez pesos ¿Cuál es la media de lo sé que buscan tus delincuentes?

–Veintinueve pesos con noventa y nueve centavos y cómo ves no acumulan plusvalía.

–Pero les duele la cabeza ¿a ti no te duele?

–Casi nunca.

–Pues debería porque es a mí y se quiere partir ¿Qué es eso que me trajiste?

–No sé, alcohol supongo.

–Por sus propiedades físicas tal vez, por las químicas algo diabólico; no reacciona igual dos veces y las longitudes de onda del espectro cambian constantemente.

–¿Entonces...?

–Ni alcohol, ni fenol, ni éster…, lo que sí puedo decirte es que la conformación molecular de esta sustancia es completamente inestable y que en su complejidad hay iones de uranio dos treinta y seis y plomo.

–Entonces ¿Qué idea tienes?

–Realmente no sé, tal vez alguien en un laboratorio rompió las cadenas carbonadas y los enlaces de este alcohol como tú lo llamas y le injertó iones plomo y uranio y que por alguna razón el nuevo compuesto es un volcán.

–Eso es muy difícil.

–El hombre también ha volado al cosmos y yo solo expresé una hipótesis, quizás lo hagan con un procedimiento tan sencillo que a nosotros ni siquiera nos pasa por la mente.

–Las cosas se complican. Dime algo ¿qué tú crees que le pasaría a alguien que bebiera esto?

–Para responderte no hay que estudiar a Hipócrates, quien prueba este engendro no hay medicamento que lo salve.

–Tú deduces…

–Que estas metido en grandes problemas, policía, y que enhebres fino, porque si no me equivoco hay secreto estatal en este enredo.

«Creo que ha llegado la hora de informar», pienso; pero es temprano y aún puedo aclarar algunas cosas con Mary, la ex-novia de Jorge. Quizás sea el tiempo o que en el fondo tengo deseos de verla.

A esta hora las esquinas están abarrotadas de personas que piden botella hacia los municipios. Allí, junto al mismo contén una muchacha explora la calle; es muy joven pero tiene unos ojos antiguos, los cabellos rizados y los labios color malva dan un tono sensual a la delicadez de su rostro. Asoma la cabeza por la ventanilla.

Hay algo en ella que hiere profundamente, tal vez su orgullo insolente y a la vez humilde.

–Sigue –dice– no voy a subir.

Tan cerca que su voz parece tener un sentido distinto, un significado misterioso.

–¿No vas a subir?

Mis palabras vuelan lentas, deteniéndose entre ella y yo como un pájaro herido, como algo más que un impulso.

–Está bien –agrego y me veo ridículo con mis ropas marcadas por el sudor del trabajo en el campo y el sombrero de guano.

Embrago y continúo; el silencio pasando levemente, vivo, por un minuto tan solo me siento envilecido y maligno, por un instante humillado por no ser más que un pobre policía cansado.

La tomo por los hombros y la atraigo. Se resiste sin violencia aunque una sonrisa flota en sus labios. La beso –maravillosamente triste– y entonces me rindo a este momento en que toda la investigación se deshace en un éxtasis hasta el gris oscuro de la calle.

Nadie pude privar al hombre del derecho de soñar.

Mary está recibiendo una conferencia y yo sentado en un banco del edificio de la Facultad de Filología la miro de verdad por primera vez. «Una muchacha difícil», me digo, «no una de esas en las que todo se puede leer, percibir, entenderlo.»

El timbre desafinado. Luego pasos que se acercan y se alejan.

Tengo que decirle que quien soy porque no me reconoce. Yo me río y ella sonríe, me río recordando una película cómica del western spaguetti en la que a Terence Hill le preguntan el nombre y él responde: «Yo soy Sartana, vuestro enterrador»

–¿De qué se ríe?

–Con este sombrero me parezco a Sartana.

–¿Quién es él?

–Un hombre duro del oeste que vivía de sus pistolas.

–Usted también usa pistola –dice y se pone seria.

–Pero no soy duro.

La voz suena extraña, como extraño es para mí el lugar, los rumores, el bullicio de los estudiantes...

Como un eco, «soy duro, soy duro» y una voz que se une a la otra, la percepción turbadora de las dos presencias.

No hablamos de nosotros. No me cuenta las circunstancias que la impulsaron a romper con Jorge, yo tampoco le digo porque necesito verla. Ni siquiera eso.

–¿Estaba buena la conferencia? –le pregunto.

–Imagínese, el movimiento neorrealista italiano, Fellini, De Sicca, Visconti...

Durante un rato conversamos sobre el carácter universal del cine, su análisis artístico y el hálito emocional que lo rodea. Un diálogo que nos acerca primero para alejarnos después de esos hechos y lugares que atañen más a la lógica que a los sentidos, al cálculo y a la objetividad. Pero todavía estamos en el apogeo de la vida irreal, del lejano invierno evocado y eterno, el último instante antes de la metamorfosis.

–¿Cómo conociste a Jorge? –pregunto.

Ella se echa hacia atrás en el asiento, estira los pliegues de la saya y me dice que imagine a una muchacha viviendo sola en Santa Clara.

–Nunca pensé que él fuera a terminar así.

–Nunca equivale a demasiado tarde. ¿Ese hombre que estaba contigo en el velorio...?

–Rogelio el poeta, el coreógrafo de "Antro". Es un amigo.

–¿Y qué relación tenía con mi primo?

Guarda silencio y yo me pregunto si ese silencio no es ya una respuesta suficiente.

–¿Quién es Daniel? –vuelvo a preguntar.

–Un novio que yo tuve.

–Es algo personal, pero quiero que seas lo más sincera posible ¿Por qué terminó lo tuyo con Daniel?

Pausa.

–No le gustaba mi forma de ser ni que o saliera sola.

–Y no podían hacerlo juntos.

–No siempre.

–¿Y con Jorge no fue igual?

–No, cuando comencé con Jorge decidí no hacerlo más.

_ ¿Por qué se separaron? Quiero decir Jorge y tú

–Otra mujer.

–¿Qué mujer?

Me mira, demasiado envuelta en sí, en su memoria.

–Nora Hart, la esposa del poeta.

Entonces suena el timbre otra vez y ella se levanta. Quizás realmente es demasiado tarde y ya ha desaparecido y yo me quedo solo, evocando el olor de su pelo, la suavidad de la piel o la cara del poeta en el velorio de Jorge.

Dos días después sobre el Buró de mi oficina tendré un grupo de file dentro de una carpeta con la información solicitada por mí sobre Jorge, Mary, Rogelio el poeta, Nora Hart, Manolito Mena y el tío Bena: «Trabajo Operativo Secreto», grabado en el forro.

La luna lanzará su luz sobre las casas dorando los jardines y los bordes de las terrazas cuando concluya de revisar los expedientes, sus palabras revueltas; siempre la muerte y la ignorancia, siempre al final la paz muda e insensible.

Hay cosas que ni el trabajo operativo más secreto ni las computadoras pueden decirnos.

«Mecanismos vacíos de sentido» murmura alguien en mi oído.

Debo haberme quedado dormido y despierto bañado en sudor. He reconocido en mi sueño esa voz y es durante esta hora al morir la noche cuando percibo a la sombra que vaga inquieta aquí y allá y se acerca cautelosa, ahora se aleja llena de miedo levantando las hojas de papel que revoletean en el aire rosado del alba. "Sodoma", pienso.

La llamada «Secta de los Invertidos», trágicamente destrozada en los años de la abundancia por el desprecio y la persecución; tal vez ahora se recupera convertido el "Antro" en la capital del homosexualismo y el vicio prohibido.

Un posible ajuste de cuentas a Jorge por odio hacia ellos y el desdén a su propio padre, fallido intento de asesinato a tía Emilia por la manera tan despiadada con que trataron ambos al tío cuando contrajo la enfermedad, pues él, consciente, no debió formar parte de esta renovada farándula de estetas.

Desde hacia tiempo el «Antro» se había convertido en cuartel general homo. Diseñado como cabaret se hizo famoso por su show de travesti.

Día tras día llegaban nuevas solicitudes para integrar el elenco. Como llamados por una voz misteriosa o guiados por el olor, batallones enteros de gays desafiando todas las dificultades acudían allí. Había una cierta dignidad, una cierta nobleza en su disposición escénica, en la manera de volver la cara al escuchar la negativa, en su mismo modo de hablar y sonreír.

Así, aquella multitud pálida, ojerosa, vestida de harapos, escapados de la vergüenza de regresar a sus hogares y todavía con la esperanza de hacerse alistar habían intentado todo con tal de sustraerse a aquella humillante situación y podía vérselos de día y de noche de un lado a otro del parque Central o atestando los portales de las calles aledañas.

Cansados de la espera, de los efectos del tiempo y la intemperie, por los juegos de luces cambiantes en el reflejo de la apertura discontinua de la puerta del cabaret o por los sonidos, los colores, las voces, aquel olor a cultura y refinamiento que es el olor mismo de Santa Clara, lo cierto es que una noche aquel famélico ejercito comenzó a gritar, a lanzar piedras contra los cristales de las ventanas, atacó la puerta e invadió el «Antro».

Me encuentro ridículo en este lugar. De todas partes se proyectan en la semioscuridad susurros, voces roncas, y jadeos. La luz es demasiado suave para iluminar el fondo del salón.

Me siento a una mesa frente a «alguien» vestido con un pulóver de color indefinido, los ojos vivos y los labios brillantemente pintados.

–Está ocupado –dice.

Solo un gay o una mujer pueden distinguir en la semioscuridad a un travesti de otra mujer, ya sea por su forma, por los gestos, por el acento de la voz. Pero a mí este no me engaña.

–Disculpe –digo, poniéndome de pie.

Aquel ademán suyo de autodefensa y la sonrisa tímida, aquella manera de mirarme, todo es una cosa triste, horrible.

Entonces se inclina hacia delante y yo cierro los ojos como si aquel simple gesto me hiciera daño.

–No –dice– puede quedarse.

Hay algo en su rostro que me aterra, algo en sus palabras que me hiere. Siento vergüenza otra vez de no ser más que un policía, de no ser más que un pobre hombre que no puede soportar a un mariconcito solitario, de olvidar todo ese conjunto de ideas y conceptos llamado psicología.

Salgo fuera y me siento en un banco desde donde puedo vigilar la puerta; solo, bajo el cielo oscuro bajo los tejados y los árboles que tienen aún un remoto resplandor verde.

La visión de una cabellera flotando sobre los hombros como una melena de león, los pechos puntiagudos queriendo romper la blusa, un cuerpo esbelto, asentado. Apoyada con todo su peso en el brazo de un joven alto de melena larguísima.

Un lamento, una queja, una felicidad tardía y fugitiva: ¿Cómo no me di cuenta de que era una mujer?

Siento deseos de perseguirlos y pegarle en la cara, pero solo maldigo en voz alta a este que quizás por ser un holgazán, por tener más tiempo o mejor percepción, por importarle un pito quien hubiese muerto o no, va a dormirse esta noche mi muchacha.

–¡Este tipo está loco!, dice él

Cuando ya el cielo parece rasgado por la llama de una vela y yo tiemblo entumecido por la humedad, sale el último grupo del "Antro"; reconozco al poeta. Y solo cuando ya se pierde con su alada comitiva hacia el interior de un Cadillac blanco, apenas los gestos de sus manos adivinadas, tengo la imagen de una maestra refugiada en la tibieza de una cama y sola...muy sola.

Monólogo del cuervo

Quizás sean supersticiones, entonces puedo darme el consuelo de que esas ideas no existen o que solo son un juego: nada importa fuera de seguir viviendo, grazno o es un canto a la atenuación de la realidad dentro de la cual ellas se mueven con el insustancial vaivén de los nacimientos, muertes, dolores, desesperanzas......

LOS PENSAMIENTOS

Mi futuro se llama resentimiento sembrado tal una semilla.

Era falso, un pretexto; pero fue real; hubo bastante realidad para que dure para siempre. Ahora no quiero aceptarlo y me siento culpable de esa mutilación, del desastre que yo mismo he provocado.

Ser Coordinador Provincial, ese era mi delirio y ahora es mi perdición.

Pedí una entrevista secreta con la Dirección Nacional de la organización, acusando a Jorge del robo de nuestros fondos, inventando hechos fraudulentos como amputaciones.

Mi fingida inocencia era la razón por la cual yo podía inculparlo, inocencia peligrosa que los obligaba reunirse y tomar decisiones radicales. No hablaban nunca de maldad, ¿cómo iban a aceptarla?

El tampoco sabía nada de ellos, de su capacidad para infligir la muerte.

CAPÍTULO IV

Los ojos de Alicia

Adiós a los libros de literatura policial de los años setenta, adiós a la viejita presidenta del CDR de mirada telescópica o a un jefe de vigilancia más sagaz que Samuel Spade, adiós a aquella pareja integra que no duerme en la noche por el trauma de la hija y los nietos emigrados a los Estados Unidos, adiós al policía casi de siete pies y autocontrol de acero que preciosas mujeres se disputan sin éxito.

La presidenta del CDR donde vive el poeta y su mujer se llama Alicia y es uno de los especímenes tan raros en otras latitudes, pero tan abundantes en este país que los científicos han dado en llamar «un tren». No puedo evitar mirarla buscando un defecto o un efecto: la cara, los hombros, los senos, la cintura, la cadera, el sexo... El sexo de Alicia me mira fijo con sus grandes ojos agarrados a la semi transparencia de la bata de casa y con un dolor tan desierto que yo por piedad bajo los párpados.

–Disculpe un momento –dice ella y desaparece por el pasillo.

La visión de una espalda delicada y unas nalgas rotundas y musculosas. Un roce de ropas desde el cuarto. La inquietud atrapada en mi estado de ánimo y que da paso a un sentimiento exaltado, al tiempo que algo despierta en defensa de mi masculinidad.

Alicia está frente a mí otra vez, ahora perfectamente vestida. Me siento avergonzado, culpable también por esta, mi voz, que brota de una barrera irregresable. Yo sentado con los ojos bajos, las manos torpemente cruzadas sobre el pantalón ocultando la portañuela horriblemente hinchada.

«El poeta y Nora Hart, cumplidores en todo y muy buenas relaciones con los vecinos. Alguna visita de los alumnos de ella para repasar o los de él para un ensayo. Revolucionarios; ella recibió una herencia de casi cien mil dólares, pero continúan trabajando; Nora pagó sola la reparación de la escuela donde es subdirectora. No se les conocen amigos que frecuenten la casa.»

Al salir ya el sol lanza su dulce luz incendiando las calles y los marcos de las ventanas la reflejan liberados en el dorado resplandor. Parece imposible que en este atardecer un asesino ande suelto como alguien a quién se puede mirar., tocar. Quizás yo estoy equivocado o no entiendo. Alicia adivina que no entiendo. A pesar de todo al final me tiende la mano. Y entonces me doy cuenta de la timidez, casi inocencia de sus verdaderos ojos.

Música, tarareo retazos hilvanados de baladas de moda. El sonido del motor del auto por el terraplén que lleva al batey mientras trascurre el tiempo, la eterna y última primavera de la juventud de mi primo.

Un olor extraño y pesado flota en el aire. Es el olor del mar, el olor graso del combustible, de la noche salada. No sé porque todo se me antoja saturado de una melancólica tristeza, casi la certeza de una muerte infeliz. «Tengo que ver a Manolito Mena», pienso.

Manolito es el representante de la Organización Juvenil Martiana en mi municipio, uno de esos grupos del Bloque de defensa de la Fundación Cubano-Americana; el Coordinador Provincial de esa organización era Jorge, pero en los últimos meses se había limitado a recibir su paga en divisas sin más esfuerzos. Esto trajo como resultado fricciones entre ambos, pues Manolito aspiraba sin ocultarlo a la Jefatura de la Organización.

Quizás Manolito viviendo en un lugar más cercano a Santa Clara pudiera haberse convertido en un personaje importante de la política oposicionista al gobierno, pero en un espacio como este ingenio, donde las personas se preocupan más por cosas tan banales como la subsistencia o el dominó, estaba condenado al fracaso. Manolito era conocido en el batey como sitiero y vendedor de helados de paletas – oficios degradantes para alguien como él– más, teniendo que sufrir el mote hereditario de «pitón de jeringa»

En realidad su ideal martiano no es otra cosa que un pretexto para justificar la libertad de costumbres a la que aspira. Por eso oculta tal vez una razón más poderosa, pues para él y sus amigos la injusticia es un hecho moral ya dolorosamente conocido y denunciado a la opinión pública a través de la emisora «Radio Martí». Yo estoy seguro de que con el pretexto de la defensa de los derechos humanos ellos son en realidad los representantes de unos declinantes y caducos ideales burgueses y la vez instrumentos de una cínica propaganda guiada desde más allá del mar.

Manolito me recuerda por la blandura de sus manos, la voz densa y esa mirada huidiza al animal siempre presente en los cantos de Schiller.

–Dame un helado –le pido.

–Tremendo calor –dice extendiéndome la paletica.

–Duro el caso de Jorge ¿eh? Tú y él se llevaban muy bien, por lo menos meses atrás.

–Durísimo, para ustedes más que eran familia.

–Pero también para ti, él era el jefe de tu grupúsculo ¿no?

_ ¿Qué grupúsculo es ese?

–Se estaba aflojando.

–Ya te he dicho que yo no sé nada de ningún grupo.

–Te tenía frenado, pero oportunamente se murió ¿o no?

–Toma el vuelto.

–¿Nunca has ido al «Antro»? –le pregunto mientras saboreo la paletica de chocolate.

–¿Por qué me lo preguntas?

–Es solo una interrogante muy especial para alguien muy especial.

–¡¿Qué quieres decir?! –palideciendo.

Pero en torno a nosotros las relucientes hojas de los árboles y las fieras de los tapices que adornan la sala de la casa forman un lugar de paz tibia y clara.

–Nada –digo– es que estoy un poco nervioso por el incremento de los balseros que están saliendo del país por esta costa y las «cigarretas» que no dejan de entrar desde allá.

–¿Y que tengo yo que ver con las cigarretas, los que se van y esos maricones?

–Mi trabajo no es averiguar quiénes se irán o se quedan; y es tu problema si quieres seguir jugando o coordinar saliditas ilegales, pero Manolito, si uno solo de los que yo tengo en proceso se me pierde yo te aseguro que de esta, si no escapas aunque haya que averiguar de dónde sale cada granito de azúcar de tus paletas.

–¿Quiénes son los que vas a procesar?

–Tú sabrás.

–Yo no sé nada de las cuestiones de la policía y mi patente de vendedor está en regla.

–Dame otro helado –digo, metiéndome la mano en el bolsillo para sacar el dinero– ¡ah, y mantente localizable!

–Se me acabaron –dice Manolito, sonrojándose.

Monólogo del cuervo

Inmóviles, suspendidos en el tiempo sobre una desolación de imágenes idénticas; yo posado sobre el alféizar de una ventana repito las proféticas frases, no ya con la esperanza de alcanzar lo inalcanzable, sino de ir y volver a lo invisible, lo incógnito.

LOS PENSAMIENTOS

Otra vez los mismos pensamientos, sordo a la agitación exterior y los ojos cerrados–haciendo juego con la sombra de los párpados– que ven solo mis propias pesadillas.

La muerte ahora es solo eso y las lágrimas, aunque reconozco que en aquella tarde nada tan alejado de ello, lo único que vale la pena recordar hasta el fin de los días: Jorge ataviado solo con un vaporoso velo de novia y un collar de flores virginales. Juntos sin tocarnos pero tan cercanos en nuestra emoción, percibiendo uno la piel del otro, la sugerencia de un contraste inesperado y la promesa de amarnos para siempre. En el mundo existe algo, una palabra que llega hasta nosotros, un vaivén que hace cambiar nuestras vidas. Me gusta la noche, las calles oscuras repletas de sombras, no el día, no la luz, esa incesante y repulsiva manifestación de laboriosidad en las personas que son las mismas que ríen o callan en caprichosas fantasías.

La gente tiembla de hambre de vida y mientras parecen menospreciados, sin darse cuenta de ese desprecio y odio es en si mismo la expresión más cabal del triunfo de la muerte.

Eso pienso mientras acaricio con mis manos objetos imaginados y con ellos voy dibujando músicas, personas, pensamientos... Aquí la coreografía, distante y clara, los cuerpos retroceden y se agrupan, después se reducen. Ilusión óptica. Siento un fuerte deseo de integrarme al trabajo, al juego incesante de la creación, las asociaciones y los ensayos.

Tocan a la puerta. Imagino a un ser borroso del otro lado, después ya no lo escucho; es un artilugio, no existe, la forma de su cuerpo cristalina como el hielo.

Cierro los ojos. La oscuridad devorando las formas equivocas que me encierran. Yo mismo soy solo un lugar, una palabra.

Pasado y presente unidos por una magnitud ni siquiera física. ¿Fue o es la tarde en que Jorge vino al cabaret y abrió mi puerta? Es.

Encuentro único y eterno. Jorge no muerto, habitante de una nueva dimensión. La puerta se abre. Lo veo parado frente a mí; lleva una camisa a rayas y unos jeans gastados.

No siento nada excepto la falta de sorpresa. Luego a medida que lo observo me invade el miedo, temo que tampoco sea real; si cierro los ojos volverá a desaparecer, «¿Qué deseas?», le pregunto aunque no tengo porque hacerlo, «¿para qué si yo soy una palabra?»

«Vine a decirle que no vaya a visitar más a mi padre al Sanatorio»

Soñador remoto y atónito con el rostro intenso de quién escapa de un sueño; lejano Bena, mi Bena que se desmorona en medio de la desolación que lo circunda convertido en piedra de catástrofe, esqueleto que se deshace, enfermeras, médicos para ayudar a morir a un moribundo.

«Jamás volveré a ver a tu padre», digo, «y no es que tengas ningún derecho sobre mí, pero ya yo había tomado esa decisión». Ni siquiera recuerdo los lugares donde fuimos juntos, aunque a veces me parece que nunca dejamos de ir, el eco suspendido en el aire donde escuché por primera vez las frases del Bena entrecortadas y dulces que permanecerán en por siempre, porque no hay otro lugar que pueda percibir tantas palabras, tanta congoja, tanto remordimiento implacable e idéntico.

Jorge balbucea algo ininteligible, una frase ofensiva, supongo, pero por encima de ella descubro el mismo nexo de sangre común que había sentido aquel día cuando el Bena me respondió «Si, yo también te quiero, poeta». Las idénticas lagrimas, como si todo lo acumulado durante su vida brotase ahora en una expulsión incontrolada, un instante petrificado en el tiempo.

No más frases. Sin un roce, momento detenido y pleno. Percibo en Jorge el despertar de ese «algo» aún no descubierto. Espacio, tiempo, ese don de la naturaleza de repetir, renovar y crear de nuevo pasando de uno a otro los mil ingredientes de los recuerdos, sensaciones, vista, olfato. La misma mirada huidiza y asustada, el mismo dolor, la misma hambre de macho del Bena.

El atontamiento del nosotros que es premio y privilegio, el convencimiento de que todo es soñado; la cara de Jorge encerrada en mis dedos, los senos descubiertos, minúsculos, los pezones erizados ya por el sueño.

Lo siento caer a medio camino de ese lugar creado y reservado que se llama cielo, de todas las violencias, injusticias, odios y pasiones, de las esperanzas y los deseos, de ese otro estado frío y desolado al cual sin remedio estamos condenados.

Su mano explora rechazando el dolor, sensual matrimonio con mi falo que se hace grande, grande y se acerca a sus labios. Aliento trasvestido en vapor, primero tenue, después sumergido por un minuto, tres, cinco tal vez en un chorro de locura incomprensible.

Entonces se escucha un ruido fuera o una sombra que asoma un instante para desvanecerse luego, pero no del todo...lo que pudo ser y no fue...Toda la irreal y rota ceremonia de la entrega que es mi propia entrega.

«¡Jorge, Jorge, no...!», le imploro.

Él se alza, resurge. Columnas de luz congeladas, algo relumbra ante mis ojos como un clamor sordo.

«¡Dios mío¡», me quejo.

Caigo al suelo, la cabeza contra el piso. Tengo que levantarme. Me levanto. Trinos revoleteando en mis oídos. El puño de Jorge convirtiéndose en pájaro.

CAPÍTULO V

Ni intuiciones ni el recuerdo bastan

Una puerta de hierro y un camino de grava que atraviesa el jardín me llevan a la casa. Golpeo la aldaba; parece que transcurre una eternidad antes de abran.

Libre su rostro de las huellas del sufrimiento el poeta me recuerda al galán de una vieja película, un Rodolfo Valentino gastado.

Me mira primero con asombro, luego la animación se va apagando en las pupilas. Tiene un libro en la mano.

–No esperaba visita –dice como disculpándose– estaba releyendo la carta no terminada de Martí a una poetisa americana.

–Helen Hunt Jackson –sonrío– y no soy una visita.

Le enseño mi carné, durante varios segundos lo sostiene alejado de los ojos como si no entendiera.

–Entremos –dice.

–Quiero hablar con usted acerca de Jorge, el muchacho muerto hace unos días.

–Ah, si, el amigo de Mary, yo lo conocí. Pero siéntese.

–Estamos investigando su muerte.

–Un infarto cardíaco, fue una pesadilla.

–¿Por qué?

–Para mi, todas las muertes son una pesadilla.

–En eso se equivoca, la muerte y el sueño son dos estados muy disímiles.

–Yo no he dicho que fue un sueño, sino una pesadilla.

–¿Cuál es la diferencia?

–Una pared tan tenue que muchos no pueden verla o no se dan cuenta que existe.

–¿Entonces dígame cómo ve usted esas pesadillas?

El poeta vacila unos segundos. Quizás valorando mi inteligencia. Me gustaría que hubiese leído a S.Teagle, para él todos los policías eran subnormales, pobres y borrachos.

–Alguien vestido con una camisa a rayas y unos jeans gastados –dice.

–¿Por qué no una blusa rosa y una minifalda?

–Es mi pesadilla, no la suya.

–¿Y entonces si fuera un sueño...?

–Solo un amplio velo de novia y un collar de flores virginales.

–¿Qué significado le da usted a eso?

–Es un tema para un psicoanalista –dice– yo soy solo soy un pobre coreógrafo de un cabaret de provincias.

–Creo que olvido algo –digo.

–¿Qué?

–Hablamos de Jorge.

–¡Es verdad!–dice dándose una palmada en la frente.

Y es como si no dijera eso, como si se quejara (¡Ay, ay, Dios mío!) Un dolor claro y puro, como el agua.

Se levanta y desaparece. Al instante regresa con dos vasos llenos de una bebida clara y brillante. Debe haberse leído las obras completas de S.Teagle.

–No, gracias –digo.

Sostiene el vaso, parpadeando desalentado. Es evidente que no me cree.

–Supongo que no todos los jóvenes usan camisas a rayas y jeans gastados.

–No entiendo.

Su voz es punzante, la boca se estira tensa.

–Hablo de su pesadilla sobre la muerte. Creo que mi primo tenía una ropa así.

–¡Me está confundiendo! –dice con impaciencia.

Voy hasta la mesita y tomo el vaso. Aún es un sospechoso, no un criminal.

La bebida tiene un gusto desconocido y a la vez conocido, un sabor como si yo estuviera en el aire cayendo.

–¿Qué estamos tomando? –le pregunto.

–Aguardiente de coco –dice– yo fabrico mis bebidas, frutas caseras y azúcar ecológico; no dañan el hígado.

–Me encanta hablar de bebidas y de mujeres –afirmo.

Él sonríe, amistoso de nuevo.

–Voy a mostrarle mi columna de destilación –dice orgulloso –y en cuanto a mujeres tengo solo una.

Yo ni siquiera le devuelvo la sonrisa.

–Algo había en ella desordenado. También pudo ocurrir que su nombre no lo fuera y yo le atribuyese el de cualquiera de las muchas que conocía –casi me toca– cuando hablamos sus conversaciones tenían un remoto sabor a mar. A veces se le oía la risa o largos silencios; cuando desaparecía varios días sus palabras se volvían raras e inesperadas y hablaba ladeaba hacia mí con la cadera caída, o tal vez de frente, mirándome a los ojos.

Asiento para animarlo; no digo una sola de las mil trivialidades que pudiera sobre su esposa abstracta y presente, no hablo sobre aquello todo falso y todo verosímil, sobre el valor y la cobardía, la insensatez, la lujuria y el miedo.

–Otras veces tenía la cara mojada –prosigue– un llanto reservado, ofendido para consigo misma. Yo sentía la necesidad de descifrar sus emociones, lo que conseguía callar de día de lo que le aguardaba apenas llegada la noche junto con los dolores de muchas noches anteriores: su padre fue un alcohólico y la madre obligada a prostituirse para mantenerlos, al final ambos la abandonaron. Por eso y desde entonces amo el verano y los días alargados hasta muy tarde como cuando ella contaba historias y cuando lo hacía sus ojos vivos y negros quedaban olorosos de colores fuertes y olores nuevos –cierra los ojos y extiende el brazo en un ademán amplio –nosotros dos contemplábamos la vida sin reveses, sin borrascas o sufrimientos, un plazo casi urgente de confundirse con la noche. Pero la noche llegaba y se le apoderaba un gran espanto detenido al borde de un gesto, paralizado en medio de una caricia; ella sin imaginar siquiera que yo también tenía miedo pero de otra noche que era la mía...

«Ya he oído demasiado durante demasiado tiempo», pienso, pero tengo que soportarlo aunque imagine lo que vendrá después, palabra por palabra las gastadas notas de su evocación.

–Eran sucesos únicos. Cada uno queriendo retener al otro para enfrentar el abatimiento de los rencores y de los miedos. Entonces no entiendo porque ahora cuando guardamos el recuerdo de muchos días en una confianza inmensa, especie de amistad que ni el silencio ni la melancolía alteran ni siquiera me mira: preparar una clase, fregar, ver un programa de televisión –cualquier pretexto menos lo de antes– y yo me pregunto: ¿Por qué ahora cuando estamos juntos, cuando las arrugas cubren nuestras caras ya nada es igual?

Se calla y aspira para luego continuar.

–Siempre supe que todo terminaría algún día y perteneceríamos al pasado. Siempre encontré bueno esperar la felicidad y la desagracia. Aunque con más de cincuenta años todavía conservo la juventud en el roce de sus manos, en la ternura de su perdida sensualidad y también en la música de ese tiempo antiguo.

En ese momento el poeta con su perfil romano recuerda una de las matronas –modelos del ideal femenino de aquella época– pintadas por Rubens.

–En la memoria la veo salir de las ruinas de su propio cuerpo, de sus certezas. Surge de un probable regreso y está aquí –apoya la mano derecha sobre el corazón, uno de los gestos más baratos de todos los teatros baratos– siempre.

«Bravo», merece que le digan por haber casi declamado todo sin ninguna intervención mía.

–¡Bravo! –le digo por ese alarde de buena memoria, por esa versión corroída y distorsionada del «Perro viejo entre flores» de Baptista Bastos.

Pero no puedo sensibilizarme con idílicas respuestas a mis preguntas ni explicarle que he leído lo suficiente a Shakespeare, a Oscar Wilde y Jean Paul Sartre para dejarme impresionar por una representación tan mediocre.

–¿Cómo bravo? –pregunta

Ni siquiera tengo el derecho de explicarle que rechazo al «Perro viejo» y a su conformismo sensual, ese refinamiento y pudor masculinos tan peculiares en él que tanto agradan a las mujeres maduras.

–¿No va a decirme nada de los tarros? –pregunto.

Ahora su voz demasiado estridente, tan dura que parece romperse con ese ruido que hace el cristal contra una piedra.

–¡¿Qué tú dices?! –ha pasado a tutearme.

–Ya me contó lo bueno, ahora háblame de los tarros que le han pegado.

–No jodas con eso.

–No estoy jugando

–¿Quién te lo dijo?

–Todo el mundo lo sabe, pero dice el dicho que el afectado es el último que se entera.

–¿Cómo pueden hablar esas cosas?

–Cómo no sé, pero es la verdad y con nombre y apellidos.

Despojado el poeta de toda su languidez, de todo su abandono, de su mirada dulce, de la sonrisa.

–¡Yo... yo los mato cojones... a los dos...!

–Él ya está muerto –digo– y necesito hacerles unas preguntas a usted y a su esposa cuando llegue.

«Unas preguntas» digo y durante horas me siento como un criminal, como si hubiera matado un poco a Baptista Bastos, a Dulce María, a Carilda Oliver. Solo un poco.

Recorro con los ojos cerrados las cartas enviadas por Nora a Jorge, la escritura delicada, la pluma que habla y repite las mismas palabras después de casi un año, sin firmas pero aún intactas de su antigua forma, un rostro, una señal en el olvido.

Cuando abra los ojos y me aparte del ayer sé que voy a encontrar a tía sentada frente a mí, ella que no es más que huesos, recuerdos, dolor.

Necesitaba más elementos para esclarecerme, lo demás no contaba, todo lo demás fue solo desesperanza, rabia. Me siento miserable al recordar la pálida cara de Nora Hart, sus labios temblorosos, la mirada fija en el poeta mientras decía: «Lo quise y aún lo recuerdo». El cariño desaparecido, comenzaba el odio. Era el viejo mal que despertaba en cada uno de nosotros, porque lo que más me horroriza ahora fue sentirme yo también alcanzado por el contagio, yo también me sentí abrazado por el furor. «No conocí a Jorge, ni a Emilia, ni al tal Bena», dijo el poeta. «Está bien» respondí con la seguridad de que mentía, «¿Qué hacía en el velorio de Jorge?», pregunté. «Acompañaba a una amiga», «Cuál es la relación de esa amiga con el difunto?», «No puedo responderle, ella estudia en la universidad y la conocí en la calle, en un espectáculo, no me inmiscuyo en su vida privada», «Muy conmovedor eso, dije, pero hablando de calles, hace varias noches usted estuvo a punto de atropellar con su auto a la mujer de Bena», «¡Eso es mentira... yo no he arrollado a nadie, es una calumnia!», y su cara era como la falsa copia de un cuadro antiguo.

« ¡Los conocías bien a todos, asqueroso!»

Nora, que había permanecido recostada a la pared, con los ojos fijos en el poeta, de repente se lanzó contra él, golpeándole con las manos.

Entonces ocurrió la transformación; los labios del poeta se agrandaron, los ojos fueron oscureciéndose, la voz se hizo suave y el cuerpo, duro momentos antes se volvió graso. Una mujer. Eran dos mujeres que se atacaban chillado, arañándose las caras, utilizando los dientes como arma.

«Puta», grité.

Yo, sin ningún derecho, sin ningún tipo de excusa la emprendí a patadas contra las nalgas del poeta.

Abro los ojos. Tía sentada. No habla pero siento de alguna forma que lo que ella fue me ofrece algo tibio, la claridad acumulada que dibuja el rostro fatigado desecho de palidez y de recuerdos ya sin sentido.

–Tía –le pregunto– ¿qué daño tan grande les hizo a ustedes Rogelio el poeta?

Levanta la vista, le presento la cólera, la indignación. Va a gritar, a insultarme. Dice casi con dulzura:

–Por el amor de Dios, déjanos descansar en paz a mí y a mis muertos.

Quizás la certidumbre de la muerte es lo que justifica la vida. Hace unos días –a excepción de Jorge y la tía –los demás para mí no tenían significado, para ellos yo tampoco (Como las olas que amenazaban con tragarse el barco y solo quedaban en eso: amenazas, espuma)

Sé que me engañan o no me dicen la verdad, pero yo también y no por desquite, los engaño a mi vez; su verdad está en mí como lo están los momentos todos ¿Pero y la mía? Tal vez esté también en sus ser como la eternidad está presente en este instante.

Tengo visiones, Penélope teje y desteje un manto: el laberinto de las imágenes, la tela invisible de mis intuiciones, la madeja del tiempo que no empieza ni acaba.

No necesitamos el sufrimiento. Nadie tiene el derecho de quitar la vida de nadie.

Monólogo del cuervo

No puedo verlos pero sé que se encuentran aquí. Parecen simpáticos, inofensivos, más no los son. Tal vez estén viajando hasta mí por invocación o hipnosis. Tal vez vengan por voluntad propia pidiendo perdón por adelantado.

LOS PENSAMIENTOS

Quisiera olvidar, pero los pensamientos duelen como una quemadura.

Al verlo aquella noche tan solo, apoyado en la barandilla del portal una se daba cuenta que de alguna forma tenía que morirse, que no estaba preparado para su propio infierno. Me acerqué a él.

«Lo único lindo de noche es el mar», le dije

«No es apacible», dijo sin volverse, «sentir como el agua se cierra sobre ti y tú descansas en el fondo sin siquiera saber que tu cuerpo hinchado será comido por los cangrejos y los peces, que te picotearán los ojos y que por siempre serás nada».

«Una vez leí que la poetisa Alfonsina se suicidó caminando por la playa hasta que la cubrieron las olas. Todavía la gente se conmueve», dije.

«Es una linda historia, pero no me tengas lástima ,Mary, yo no soportaría que me tuvieras lástima»

«Es algo horrible», dije, contenidas apenas las lágrimas y con unas ganas locas de escapar a todo lo que me rodeaba. Pero por alguna razón comprendí que era demasiado tarde, que Jorge nunca se suicidaría así, como Alfonsina.

Podía sentir la sutil pleamar que lo arrastraba hacia lugares inescrutables, cuajados de aquellos arcaicos placeres de la carne. Esa anormal aberración instigada por su fatalidad familiar y que lo obligaba, vencido por su misma debilidad a usar a seres humanos como materia prima.

Entonces me pegué a su espalda. Solo experimenté una sensación culpable, enfermiza. Él debió sentirse profanado, irredento.

Algo se cerró sobre mi cabeza. No fue el agua.

«Podías dejarme la iniciativa» se quejó.

«Te amo», susurré.

Era la palabra sagrada que me habían repetido infinidad de veces, pero con él no podía funcionar porque no tenía fe.

«No digas estupideces», replicó.

También supe que en ese momento me odiaba y que yo estaba más allá de eso.

«Te amo, Jorge» repetí.

La redención estaba en otra parte.

CAPÍTULO VI

Palabras aprendidas

Aquí está, sentada en el banquito de la Facultad de Filología esperándome. Más delgada y abatida pero no es otra. Hay en sus labios una expresión sombría pese a la sonrisa que le tiembla en la boca. Me hace recordar a las mujeres pitadas por Boticelli y Goya, las mujeres de la República Mediatizada, las americanas, las inglesas, rusas, las de Etiopía; todas las de este mundo.

–Hoy no quisiera hablar de Daniel ni de Jorge –dice.

–Yo tampoco.

–¿Hay alguien más?

–Claro, Nora Hart, el poeta, Manolito Mena el de los Derechos Humanos, los travestis del «Antro».

–¿Y yo no?

–Por ahora tú no.

–¿Cuál es la diferencia?

–Se o no ser, esa es la cuestión.

–No, todas las diferencias se reducen a tener y no tener en dependencia de lo que quieras. Al menos eso lo dijo Hemingway.

–¿Acaso sabía tanto Hemingway de procesos históricos?

–Más que eso, era alguien que podía dibujarlos con su lápiz. Espero no pretenderá convencerme de que el decursar de la vida no puede preverse.

–En tu opinión, ¿quién pudo prever la muerte de Jorge?

–Eso fue un fenómeno natural.

–¡¿Quién?!

–Seguramente Dios o aquel que rige el destino de la humanidad, pero usted es ateo y policía.

–¿Me gustaría saber que la relación que tenía el poeta con Jorge y su familia?

–Ninguna que yo sepa, ellos solo compartían la mujer.

–¿Cómo ustedes se hicieron amigos?

–Lo busqué para contarle lo de Nora y Jorge, pero cuando vi lo bueno y noble que era me dio lástima. Después le fui cogiendo afecto.

–¿Por qué lucía tan dolido en el mortuorio de mi primo, acaso remordimientos?

–Por mí, él me quiere mucho. Yo soy la hija que no tiene.

–¿Y Daniel, como recibió la noticia?

–Yo pensaba que usted no quería hablar de Daniel ni de Jorge.

–¿Se alegró?

–Que poco conoce a Daniel, lo sintió tanto... ellos fueron muy amigos.

–¿Antes de la pelea?

–No hubo pelea, se saludaban desde fuera pero la amistad acabó.

–¿Tú crees que el poeta y Daniel sean capaces de cometer un crimen por celos?

–¡Ni pensarlo!

–Entonces me gustaría creer en casualidad y causalidad, dos categorías filosóficas muy relacionadas con causa y efecto, aunque para mí el efecto es el mismo: la muerte de Jorge.

–Usted es un maniático, ve asesinos por donde quiera y yo odio las casualidades. La vida está llena de ellas y para mí el efecto también es el mismo.

–¿De qué te quejas?

–¿Quién no se queja? Además no hablamos el mismo idioma; cuando usted dice posibilidad yo digo necesidad.

–¿Por eso te relacionabas con los extranjeros?

–¿También es importante para su investigación?

–¿Qué te hace pensar que la muerte de Jorge fue una necesidad de alguien?

–Yo no he dicho eso…. ¡me quiere volver loca!

En el repentino silencio no se oye más que el jadear de su pecho, un gemir, un suspiro violento, un grupo de estudiantes que pasa.

–¡Quiero olvidar toda esta pesadilla –dice– que me lleves al cine y me hagas el amor muchas veces!

Es sencillo. La ciudad todavía envuelta en la antesala de la noche, pero ya las pálidas luces se encienden a los pies de esta virgen vestida de azul.

–¡Tonta! –digo y mis palabras son moduladas y cálidas, de una sensualidad triste y resignada.

CAPÍTULO VII

Pájaros locos

–¿Sí? –pregunta Daniel.

Me parece conocerle, no recordar de donde es lo único que me inquieta.

–Necesita conversar contigo –digo y me identifico.

Por el pelo se da parecido a algunos de los reyes magos o a los tres, Gaspar, Melchor y Baltasar –Jorge y yo nos sentimos sorprendidos cuando la tía nos dijo que todo lo que nos contaban antes eran mentiras: Gaspar era un maníaco–depresivo, Melchor estaba loco y Baltasar alcohólico; después de eso no me gustaron más, ya no eran modelos de nada.

La amargura que Daniel me provoca me sorprende. Tengo la visión del «Antro»; apagados hasta los últimos acordes de la música, una muchacha, la cabellera como de un león y los senos queriendo romper la tela, un joven alto junto a ella y su voz entre agresiva y ofendida. «¡Este tipo está loco!»

Me cede el paso, de alguna forma soy su visita. Daniel Isaías, como el profeta; ningún jeroglífico de culpabilidad inscrito en su frente.

–Siéntese –dice.

Establecido entre ambos un duelo de simulada ignorancia. Una sala semejante a cualquier otra, pero no la es. Hay alguien aquí aparte de nosotros y sin embargo no hay nadie. La cara de Daniel es como leer una página en que la escritura fuese borrosa, unas letras con tinta que se hubiesen mojado.

«La vida no tiene olor», me digo, pero percibo en el aire un aroma conocido, flota en el lugar una presencia que es algo más que un simple vacío.

–¿Hoy tuviste visitas? –le pregunto.

–Solo usted.

El ruido de un plato puesto sobre los otros. Pasos rápidos desde la cocina.

–La tarde pasada olí ese perfume –digo.

–O semejante. Lo usa mi madre –explica, un poco alto el tono para vencer la última indecisión.

Un espacio sin puerta del que viene el ruido de una pila al abrirse.

Daniel tiene veinticinco años y puede pasar por un joven cualquiera, pero visible en el negro de los ojos como una desconfianza que no osa salir a la superficie, una lejanía ni siquiera física.

–Linda casa –digo.

–Es de los tiempos de la colonia.

–Cambio lo que dije por lo de que tienes un trabajo.

–No es malo.

–Lo que no puedo explicarme es que alguien estudie cinco años en una universidad, se gradúa, trabaja en un lugar promisorio y después deja todo para poner música en un cabaret cualquiera.

–Usted es el único que no entiende.

Un nuevo horizonte que va apareciendo en sustitución del que habíamos dejado detrás, tal vez yo estuviera ante uno de los pioneros de una generación perdida de intelectuales que en las nuevas condiciones históricas luchaban no ya por el desarrollo y bienestar colectivos, sino por el suyo propio. Tal vez...

–¿Conociste a Jorge Benavides?

Sonríe solo con los labios

–¡Cómo no conocerlo! Fue mi mejor amigo.

–Hasta que se hizo novio de Mary.

–Él me la quitó.

–Yo no diría eso, nadie quita a nadie.

–No tenía nada en su contra a pesar del daño que me hizo. Lo respetaba porque poseía una voluntad propia.

–¿Cómo es eso?

–Fue capaz de dejar a Mary por una vieja o por su dinero.

–¿Tú no lo harías?

–No.

–¿Para ti el dinero no significa nada?

–Hay cosas que tienen más valor que el dinero.

–Pero no la profesión, lo que tú seas capaz de aportar a la gente que te formó y el reconocimiento social para ti no cuentan. Mary si, y cambiar de trabajo por mejoría está muy bien. Pues mire, joven, es lo mismo que Jorge o peor.

Daniel Buratino, su nariz alargándose en la calma. La luz está muerta, el olor a café, el olor de su cara, todo muerto en el fondo de aquel vacío, helado silencio.

–A pesar de todo nunca renunciaste a ella –digo y siento un nudo en la garganta.

Se pasa la mano por el pelo con fuerza, un gesto que destruye esa delgada capa que la gente educada suele llamar elegancia y que el concepto moderno califica como bien parecido.

–Yo no puedo definir el odio, la admiración y el amor como usted supone.

–¿Y cómo?

–No es lo que usted piensa.

El sonido del agua desde la cocina, inalterable, continuo, indiferente.

–Sabes –digo –me asombra como tú que nunca tuviste que ver con el mundo del arte, con tantos pájaros con aptitud y listos para entrar allí, obtuvieras la plaza de música del «Antro»

El desaliento o el miedo trasformado en una fuerza pasiva; un temblor que está en todas partes pero en ninguna, ligero, imperceptible.

–Me la resolvió un amigo.

Así de simple, porque este pueblo es generoso, el más humano entre todos los pueblos de la tierra; los únicos que violando todas las leyes, todos los acuerdos, por un errado concepto de la amistad somos capaces de «conseguir» o «resolver» cualquier cosa a alguien sin mediar el daño que hacemos.

Yo miro a Daniel y él calla. Me doy cuenta de que calla no por sugestión mía, sino por orgullo; porque la sangre le sube a la cara, lo agarra de la garganta.

–¿Un amigo o una amiga? –pregunto.

–Una amiga

–¿A través de quien?

Parece vacilar y yo mismo me respondo.

—El poeta

Mueve la cabeza.

—O sea —digo —que tú y el poeta tienen una amiga común, entonces ustedes dos lo son, por matemáticas.

—¡No es así! —casi grita— no es una fórmula ni un teorema matemático. No es tan simple, el poeta trabaja conmigo, es mi jefe y me ayudó, solo eso.

—¿Y Mary y él qué relación tienen?

—Se hicieron amigos cuando Jorge la dejó por la mujer de este, Mary iba a verlo sobre todo para presionar a Nora con su presencia y que dejara a Jorge.

—Algo así como una unión despechados contra Jorge.

—Usted interpreta todo al revés. El poeta adora a su mujer. Ni siquiera supo que ella lo había traicionado.

—¿Qué tiempo llevas en el cabaret?

—Casi dos meses.

Entonces entra la madre con dos tazas de café. Tiene el rostro pálido coronado por unos ojos azules y una sonrisa tímida. No huele a perfumes y la manera de mirar a Daniel le da un aire ingenuo y bondadoso.

«La vida no tiene olor», pienso, «ni la muerte». Pero huelo su miedo; mi respiración se acelera pero aún las huellas son demasiados difusas.

—María Julia y Serafín realizan ahora trabajo conjunto con un laboratorio de la Universidad de la Habana —digo dando un sorbo.

—Sí.

–Según tengo entendido después de graduado hiciste trabajo de investigación en ese grupo.

–Dos años –y todo su cuerpo se sacude como por una risa.

–¿A qué se dedicaban entonces?

–No entiendo que quiere decir.

–¿Sobre qué estaban trabajando?

Las facciones de Daniel toman un tinte extraño. Su garganta tiembla suavemente, una arrítmica agitación en los costados, una invisible corriente entre uno y otro, un recíproco choque de tensiones.

–Es secreto profesional –dice en una especie de desconsuelo dócil.

–Esto es una investigación criminal, hijo, y estoy en tu casa pero puedo hacerlo difícil. Creo que mejor no me ocultas información que por otra parte voy a obtener de todas formas.

Frente a mí, la mano sobre mi brazo la butaca cerca de una ventana abierta a la tarde. En el rostro moreno atrapado en el resplandor aparece la mirada fija.

–Alterábamos el equilibrio molecular de algunas sustancias y obteníamos así otros compuestos con nuevas propiedades químicas.

–¿Alcoholes, incluso?

–Sí, alcoholes, éteres, ácidos, metales pesados, bases....

–¿Trabajan alcoholes con metales pesados?

–Una parte del método era bombardear esas sustancias con haces de fotones de metales pesados.

–¿Uranio y plomo?

–También ellos.

–¿Y el resultado?

–Lo nuestro marchaba, esa era la primera etapa, luego probar la utilidad de ellas era tarea de otros grupos investigativos.

–¿Pudiera ser que lograse una sustancia con las propiedades físicas del alcohol y que por sus propiedades químicas fuera otra cosa?

–Pudiera ser. Estábamos trabajando en ello, pero hasta el momento de irme su comportamiento no era previsible. «Pájaros locos», las llamábamos.

–¿¡Pájaros locos!?

–Así las apodamos por fastidieta.

–Todos ustedes estaban claro que algunos de esos compuestos en manos indebidas era una bomba de tiempo.

–Sí –casi en un susurro.

–¿Sería posible que alguien ajeno sustrajera del laboratorio una muestra de un «pájaro loco»?

–Muy difícil, solo nosotros teníamos una entrada libre a los laboratorios, incluso hacíamos la limpieza.

–¿Estás seguro?

–Lo estoy.

–Extrajiste alguna vez de allí una muestra de esas.

–¿Yo para qué?

–¿Por qué cambiaste realmente de trabajo?

–Ya le expliqué que por mejoría económica y más tiempo libre.

–¿Cuándo terminaste con Mary?

–Hace más de un año.

−¿Conoces al tal Manolito Mena?

−De vista, era amigo de Jorge y él nos presentó.

−¿Y qué?

−Y nada.

Me quita de las manos la taza y las lleva a la cocina. Enciendo un cigarro con pesadumbre.

−A Jorge lo envenenaron con un «pájaro loco» −digo.

−¡¿Qué quiere decir?! ¿Está tratando de inculparme en algo que no existe, que es una fantasía suya? −la voz le tiembla de miedo y de rabia.

−Yo no he acusado a nadie, simplemente vine a hacerte algunas preguntas, incluso aquí en tu casa. Pero por lo visto no podré...

−Continúe entonces.

− ¿Quién es el que verdaderamente manda a todos esos mariconcitos del «Antro»?

Porque si los zasous y los mignos habían sido capaces de formar su confraternidad secreta en tiempos tan difíciles como los del fascismo y la guerra, estas nuevas generaciones de invertidos, menos sufridas, acostumbradas a las comodidades y la vida muelle, con el auge del liberalismo dogmático de Robert Hudson y Freddy Mercury, no podía ser menos.

−El poeta −responde Daniel.

−¿Tú quieres decir que el poeta...?

−El poeta se los tiempla a todos.

Así como los reyes de la antigüedad tenían su propio harem, este Mesías del teatro y la farándula venido a menos, poseía también el suyo en su reducido imperio, el «Antro».

–¿Y quién es su favorito?

–Nadie en especial

–¿Nunca lo ha tenido?

–No sé si deba decírselo, pero la gente comenta que hace algunos años estuvo medio loco por un maricón viejo del condado.

–¿No te acuerdas del nombre?

La voz de Daniel despierta en mí un pensamiento doloroso, un presentimiento del que no puedo librarme.

–Benavides –dice lentamente como si las palabras le doliesen en la boca– el padre de Jorge.

Mi tío Bena.

Tal vez tratando de descubrir a un asesino pudiera haberme encontrado con un crimen masivo. Pues el poeta en su relación con mi tío habría sido infestado con el VIH y ser además eslabón intermedio en la Cadena que incluía el «Antro» y terminaba quien sabe dónde.

Vuelvo al tío, me causa dolor recordarlo, acaso por su aire cansado y al propio tiempo triste o por el color de los ojos, de la boca de labios gruesos, de sus cejas fruncidas. Tío y sus amores y caprichos, su histerismo.

No puedo menos que sonreír –y me avergüenza decirlo– al no poder hacerme a la imagen del poeta persiguiendo al Bena por las calles de la ciudad, requiriéndolo, prometiendo, enamorándolo.

Pero como todo amor merece el más sincero respeto, puedo añadir como excusa que no hay nada de malvado en mi sonrisa.

También me pregunto cómo resistirá tía Emilia esta nueva pesadilla, ver renacer la vergüenza de las relaciones homo del Bena y su enfermedad. Al final me digo que si puedo evitarlo no le haré pasar por ese momento.

–Entonces tengo que auto robarme las tarjetas de salud de los trabajadores del «Antro» –me pregunta el médico que atiende el personal del Cabaret.

Es una casa amueblada con el pésimo gusto de la burguesía de la década de los cincuenta. De las paredes cuelgan antiguos cuadros con sus densos colores al óleo que desentonan con los muebles, con el aparato de TV y la lámpara de luz colgada del techo.

–No es un robo –digo– al menos en el sentido exacto de la palabra. Ni siquiera las esconda, si lo prefiere.

–Ahora entiendo menos.

El médico tiene más de cincuenta años; es alto, grueso y la voz contrasta con el brillo de sus ojos redondos y verdes. Hay algo en él que denuncia al intelectual calificado; es la arrogancia que transparenta en cada una de sus palabras y el gesto autoritario. Durante un momento guardo silencio limitándome al observarlo.

–Lo único que necesito es que presione para ver que los trabajadores tengan que hacerse análisis de sangre.

–¿Pero cómo cree que primero voy a inculparme diciendo que perdí los carnets de salud y luego obligarlos a que se hagan los análisis.

–Le expliqué que es un asunto confidencial y que no debe hacer objeciones.

–No debo hacer objeciones ¿Qué usted supone que debo hacer?

–Comunicarles que quien no esté OK con eso no podrá seguir en el cabaret. Vamos a enviar un carro-laboratorio para obtener las muestras el día que acordemos usted y yo.

–De todas formas, yo no tengo claro...

–Mire doctor, yo soy policía y defiendo a la gente a cualquier precio, a veces para sacrificarse o fastidiarme alguien porque somos una institución benéfica, pero al final creo que la cuenta vale la pena.

Él se pone de pie y por primera vez sus ojos se posan sobre mí más suavizados.

–¿Qué le inquieta?

–VIH

–Yo les hago un VIH una vez al año –y agrega –todo está bien, no se preocupe.

Todo está bien, dice el médico, pero para mí no hay nada bien, he consumido combustible, recursos, un operativo de vigilancia montado con el único e intrascendental resultado de que excepto Nora Hart todos los demás sospechosos tienen motivos suficientes para desear la muerte de Jorge.

Fue necesario enviarle un informe al Departamento de Seguridad del Estado con todo lo habido y por haber hasta la fecha. El primer oficial de Contrainteligencia Cárdenas se ha unido a nosotros, pero también es cuestión de horas que tengamos que «pasarle el caso» a ellos.

«Paciencia», me digo, pero a la vez sé que el coronel está molestísimo con Ulises y conmigo, además un operativo de esta magnitud –y creciente– no puede ser eterno, como tampoco es eterno el fondo de recursos del Departamento y a este paso no se sabe cuando acaben las cosas. Tampoco podemos apresurarnos ni violar etapas, eso sería funesto.

Ulises está casi acostado en una de las butacas de la oficina. Hemos instrumentado tres guardias de ocho horas cada una en el teléfono y la planta de radio: recibiendo llamadas y organizando.

–Llamó Alicia, dice que pases por su casa que es urgente.

–Ahora mismo, déjame coger algo en el comedor que la calle está que arde ¿Nada nuevo con respecto a Daniel?

–Hizo una llamada al cabaret para justificar su ausencia de esta noche, luego otra, pero nadie contestó ¿tú no crees que es mejor detenerlo y hacer que confiese?

–Todavía no; la persona a quién él le dio o vendió quizás no sean la misma, eso suponiendo que hubo asesinato. Si detenemos a Daniel en caso de que el criminal no sepa que estamos tras él lo ponemos sobre aviso y no sabemos cuál será su reacción. Por otro lado hay que dar tiempo a que la gente de Seguridad bloqueen las principales salidas ilegales del país, por si el motivo fue espionaje y aún no han podido sacar la sustancia esa.

–¿Qué propones?

–Seguir chequeando dos días más, si no da el fruto que ahora esperamos procedemos.

–Yo estaba pensando que del poeta estar implicado ya está sobre aviso, porque si trabajan juntos ¿quién puede evitar que Daniel con él?

–Está claro. Me parece que nos urge una conversación con Manolito Mena, a ese si lo vamos a traer a la sombrita.

–Con todas las conspiraciones y enredos en que anda Manolito a nadie le asombraría su detención; pero recuerda que esa presa es de Cárdenas y la C.I

–¿Se le ha podido llegar a los teléfonos que faltaban?

−Al poeta hubo que cambiarle el aparato con el pretexto que estaban perfeccionándolos porque no había otra forma de entrar a la casa sin que los cederistas nos detectaran, Manolito utiliza la pública del batey para sus llamadas a «Radio Martí» y el del «Antro» se nos quedó fuera.

−Eso si hay que resolverlo antes de que llegue la noche; sigan guapeando que yo voy a ver a Alicia.

Es Alicia quien me abre la puerta. Con los ojos cerrados la he visto avanzar hacia mí por el pasillo sin apresurarse y he bajado la vista. Esta vez no me extiende la mano.

−¿Cómo está? −le pregunto y ella hace un gesto indefinido y yo comprendo que algo ha cambiado.

−Usted me dijo que cualquier cosa de interés le avisara, aunque no me pareciera tan importante.

−Así es.

No recuerdo haberle dicho eso o quizás sí. Supongo que todos los policías lo decimos en algún momento.

Alicia se acerca más y yo bajo los ojos otra vez y sin mirarla, sin oírla, descubro que la tensión en ella se disipa. No decimos nada; pasa el tiempo y la incertidumbre en mi ánimo se convierte en angustia.

−Creo que el otro día metí la pata −digo al fin.

−Por lo que veo usted siempre mete la pata.

Y yo callo con ese oscuro sentimiento de embarazo que ataca también a los hombres.

Ella dice algo y su voz suena lejana y leve, apenas una neblina sonora y ondulante.

−Estoy como dormido −digo precipitado.

–Nora Hart se hizo un aborto –dice jadeante– pero no es del poeta, él no puede tener hijos... ahora váyase.

Yo callo mirando a Alicia. Después humildemente digo:

–Perdóneme...

Y por alguna razón le rodeo la cintura y la atraigo contra mi pecho, su vientre firme contra el mío. Ella no se resiste, cierra los ojos y yo le muerdo los labios.

Entonces se aparta rechazándome con un movimiento brusco de brazos. Esta su voz dulcísima de mujer se desvanece y otra agitada y ronca me dice:

–¡Váyase y no vuelva!

Mi mano busca su cara y tengo miedo no pase más. Me aferro a ella no instintivamente sino porque no he tenido tiempo de pensar que estoy haciendo. Demasiado tarde; el primer tirón arrebatado de las ropas desaparecidas por acto de magia. Luego yo con las manos que parecen tampoco lo son, acuñadas entre las breves colinas de los senos, aspirando con frenética curiosidad el aroma rosado de sus pezones, alentado y rendido, agarrado a ellos con los dientes. Ella y yo un cuadro erótico pintado con demasiada rapidez, caminado el último trecho, un puro movimiento reflejo desesperado, estirándose para besarme, su lengua, los dientes en mis labios, en el cuello. Se mueve bajando toda, lenta, cuidadosamente; mi músculo convulso azotándole la boca, tirándonos los dos hacia atrás en casi letárgica torpeza –no dolorosa sino atónita –Alicia Colgada, Alicia Prendida, Alicia Debajo, Alicia Encima, golpeando ruda, sabiamente –golpea, gira, golpea otra vez–yo asesino de su clítoris tratando de ocultar mi propia pequeñez. Ahora algo le estalla dentro húmedo, cálido y cercano. Ella sigue segura y fuerte, con una calculada economía de esfuerzo hacia lo que yo creo ciudades, personas, algo antes de saberlo y demasiado tarde para el porqué; el viejo e irresistible movimiento que de tantas veces conozco, pero en este momento nuevo, subiendo, propagándose convertido en un clamor, un grito, un llanto casi humano. No con un poderoso envión sino con una serie de ligeros estremecimientos en un esfuerzo por perpetuar aquel instante único continuado aún después del fin, un gemido animal retenido en mi garganta como si quisiera eternizar el incontrolable reflujo de mi sexo.

Monólogo del cuervo

Están aquí de nuevo pero han asumido una forma diferente: una respiración contenida, observante, soñando que estuvieron soñando ese sueño que crea la ilusión de que están despiertos.

Debe suceder algo después; los sonidos conformando el rostro, monumento que se proyecta o un escalón hacia la posibilidad rota. Ovalo negro, sin sueños.

LOS PENSAMIENTOS

Para mí Jorge fue el instante único y definitivo donde todo es todo y nada es nada, un velero que pasa, la llama de una vela, un pájaro posado en el alfeizar de mi ventana.

De nada vale estar sentada en este mismo parque, donde por primera vez lo vi. De nada sirve pensar que las personas nacen para vivir o ser vencidas en la vida. Ideas similares a las de aquella vez y aunque a mi alrededor todo es igual, todo ha cambiado.

Refugiada en la soledad del bullicio de este crepúsculo que irá decreciendo hasta llegar la noche, en la indiferencia de las personas que pasan agobiadas por sus propios problemas. Según transcurre el tiempo se me va hilvanando una melancolía tan tenue que traspasa los límites de la tristeza.

Recuerdo mis noches solitarias, el miedo, un ruido dentro de la casa rompiendo mi sueño, otra vez Rogelio mi marido acostado junto a mí, gritando dentro de su duermevela intimidades eróticas espantosas.

Por primera vez tuve el valor en tantos años de huir de todo aquello, de dejarme llevar por una necesidad física de ternura, de ser descubierta, acariciada y querida por un verdadero hombre.

Era una aventura agradable y excitante aquella libertad de poder caminar a mi antojo. El rumor de la gente, las luces aún apagadas siempre tristes tenían para mí un gran encanto.

El aire entró en mis pulmones y en pocos minutos me quedé sola y me senté en el parque. Es decir, casi sola, pues a escasos metros estaba parado un joven (Jorge). Casi sentí erizarme la piel al contemplarlo; era el hombre de la multitud, de Poe. Yo misma me iba convirtiendo en un segundo plano de la realidad y sin embargo había en la escena algo angustioso, me parecía muy conmovedor en su desamparo. Él echó a andar y yo comencé a seguirlo. Como el príncipe, que envolvía todas sus impresiones en la maravilla de haber llegado por fin al lugar donde dormía por cien años su princesa: «la vieja princesa», pensé, pero con ansiosa expectación me sentía rejuvenecida... lo demás las calles ya iluminadas, el bullicio, todo era algo pálido y falso y experimenté entonces una oleada venturosa y cálida y también dulce, ansiosa y suplicante.

No puedo decir cuantas cuadras caminé persiguiéndolo. Perdí la noción del tiempo, hasta mí llegaban ingenuos y apagados mis sueños juveniles, mi inseguro presente.

Entonces escuché una voz justo detrás de mí –él se había escondido para sorprenderme.

« ¿Por qué me sigue?», preguntó.

Yo extendí una mano y lo toqué. Había un dolor oculto en su mirada –mucho mayor que el mío– casi me oprimió al responderle.

Unos ojos pardos y sensuales, desgarrados, gritando más que mi propia voz excitada su propia muerte; el sentimiento de la desaparición hecho belleza, armonía, luz...

CAPÍTULO VIII

En la uña

_ Lo que te contó Alicia sobre Nora Hart está confirmado –me dice Ulises.

«Un nuevo sospechoso y un nuevo motivo», pienso, pero callo mirando al horizonte por las persianas aclararse. Una luz o una transparencia que se extiende lentamente por el cielo.

–Hacia años no veía un amanecer en el campo –añade.

Estamos en mi casa del batey, yo siento un murmullo como de ramas agitadas, como de hojas en la brisa y una risa de burla y palabras duras.

–Pueden cambiar muchas cosas en este enredo.

–Y nos complica más.

Ninguno de los dos menciona a Manolito Mena, que por un error en el sistema de vigilancia se ha fugado la noche pasada por la costa hacia los Estados Unidos –escapado al lugar afín con su moral y agotados rejuegos y pretextos –Manolito al encuentro del más romántico de todos los encuentros, de aquel que la ilusión ilumina con su cálido resplandor.

–¿Habrá llegado ese cabrón? –pregunta Ulises al fin.

Yo siento en el aire del amanecer las raíces del sueño parecidas a aquellos sonidos que trae el viento sin saber de dónde.

–Ojalá que sí y ojalá no tenga nada que ver con el crimen o se halla llevado el «pájaro» como garantía o carta de presentación –digo y me parece oír sus reclamos plañideros alejarse de la noche, morir poco a poco.

–Lo único que puede taparnos algo es que a él lo estaba controlando la Seguridad.

–Para el caso es lo mismo ¿qué garantía hay de que sea inocente?

–Todos los sospechosos tienen un motivo al menos.

–Jorge estaba loco por un hijo y no iba a permitir que Nora Hart se lo sacase así como así, y esa era la única que parecía ajena.

–No creo que ella quisiera legrarse tampoco, porque con la edad que tiene y sin hijos, ¿qué perspectivas tiene?

–¿Qué podría obligarla?

–El hecho de no querer romper con el esposo o la muerte de tu primo, porque la interrupción se la hizo hace tres o cuatro días. En todo caso a ti te pareció que el poeta era sincero al afirmar que no sabía nada de los cuernos.

–¿Qué podría unir a una mujer con un homosexual al lado del que la espera una vejez triste y solitaria, si no muere antes con el Síndrome?

–Eso solo Nora Hart nos lo puede aclarar.

–Hora de encerrar a Daniel –digo.

Después de las ocho de la mañana en la Unidad acaba el desayuno. Ulises y yo acogemos el hambre con una sonrisa, como si acogiéramos a una mujer amada.

Nos registramos los bolsillos, dos pesos. Con ello no podemos comprar nada o casi nada.

_ Vamos a comernos aunque sea unas paletas

–No quiero, ve tú –le digo porque el helado se me atravesará en la garganta recordando a Manolito Mena, que como dice el antiguo dicho popular: «nos la dejó en la uña»

«Estoy separado de todas las cosas por un espacio que ni siquiera alcanzo sus límites». Pienso en Poe, en todos los hombres que habitamos el subterráneo, la conciencia y el sentimiento de culpa que no da un minuto de tregua. La necesidad de contarle a alguien sobre personas oscurecidas, encarnizadas, perdidas en las calles hechas por ellos mismos y contra si mismos; pero a despecho de todo; sedientas de bondad y cariño.

Imposible.

La escuela recién pintada me causa una buena impresión. Examino las puertas buscando una que me diga «Subdirección Docente». Un hombre de edad indefinida y vestido con pulcritud avanza hacia mí.

–¿Deseaba algo?

Me presento y él me corresponde con una tardía sonrisa.

–Busco a Nora, la subdirectora.

–Ella no ha llegado todavía, pero puede esperarla porque no debe tardar.

Voy hasta la esquina y me siento en el parque. La distancia me permite observar a Nora a mi gusto. No demasiado alta, con n discreto vestido a rayas ceñido a la cintura y que deja al descubierto las piernas largas y esbeltas. Nadie podría calcularle cuarenta y cinco años.

–Me permite unos minutos –la abordo

Primero la sorpresa, luego la expresión más dura, acentuadas las pequeñas cuchilladas alrededor de los ojos y la boca que denuncian junto al negro apagado del cabello a la mujer madura.

–¿Qué desea?

–Me concede unos minutos –repito, mirando a mi pesar con ternura aquel rostro en el cual la vejez y la juventud contienden en dura batalla, nos sentamos en un banco.

–Quisiera que esta conversación sea lo más amigable posible, porque usted estuvo unida a alguien al que yo quise mucho.

–Ya me hizo todo el daño que quería, ¿Qué necesita ahora?

–No pretendí crearle ningún conflicto, pero no tenía otra opción.

–Tenía la opción de venir donde yo estaba, limpiamente y de frente como ahora y no aliarse en mi contra con personas de baja ralea.

–¿A qué se refiere y a quién se refiere?
–A Mary, la antigua amante de Jorge.

–Se equivoca, yo no me alié a nadie en contra suya y supongo que tiene razón, actúe mal.

–Supone y ya con eso y la disculpa solucionó el problema ¿No se le ha ocurrido pensar en mí y en Rogelio? ¡¿Qué será de nosotros ahora?!

Yo callo aplastado por una lógica dolorosa. No puedo soportar la idea de que precisamente la mujer amada por mi primo sufra por mi culpa.

–Al final es policía –agrega– tiene la fuerza y el poder.

–No, Nora, yo solo tengo la obligación de que si alguien comete un crimen no siga paseando tranquilamente por las calles como un ciudadano cualquiera

–¿Acaso cree que a mí no me duele su desaparición? Pero todo es inútil, desde el primer momento que lo vi y anduve tras de él toda la noche, cuando lo miré a los ojos y lo toqué me di cuenta de que ya se estaba muriendo.

–El odiaba a su esposo.

–No hable sandeces, Jorge era incapaz de odiar a nadie. Usted lo conoció, había que ver aquellos ojos tan grandes, desgarrados... cuando una lo miraba se daba cuenta que él era incapaz de desear mal a nadie.

–¿Ni siquiera a usted al enterarse que iba a sacarse su hijo?

–No era solo suyo, era de los dos –dice fijando en mí sus ojos con frío desprecio –y nunca pensé en sacármelo.

–¿Qué pensaba hacer?

–Tenerlo.

–¿Cómo si fuese de su marido?

–Como de su verdadero padre.

–¿Iba a contarlo al poeta?

–Sí

–¿Por qué lo hizo?

–Jorge murió.

–¿Sabía que su esposo hace años mantuvo relaciones homosexuales con el padre de mi primo?

–Lo sabía –dice escupiendo las palabras– ¿y usted sabía qué su primo al final se encerró en su cuarto y ni siquiera me dio la oportunidad de verlo? ¡¿Lo sabía, que se murió solo y que no pude hacer nada por ayudarlo, alguien le dijo eso?!

–Cálmese Nora...

–Me pide clama ¿Qué sabe de mi vida?

–Prácticamente nada, solo que Jorge la quería y que él no hubiera compartido la cama por su interés, como algunos comentan.

–Yo también lo quería –dice, secándose los ojos.

–¿Qué necesidad hay de continuar con el poeta?

Hay en su sonrisa una intensidad casi dolorosa.

–Era muy pequeña cuando mis padres se fueron a Estados Unidos ilegalmente en un barco. No pudieron llevarme porque si los capturaban les daban quince años a todos los que iban, por viajar con niños. Me vi perdida, con unos parientes que me aborrecían y maltrataban hasta que escapé, de Matanzas aquí. Imagínese, sola; así hasta que los padres de Rogelio me recogieron. Cuando me casé con él ya sabía lo que era.

–Apártese del poeta, Nora, ahora que está a tiempo... por favor.

El encuentro de dos formas de afecto, dos morales distintas; el retrato más íntimo de sí misma, de todo lo más propio de ella. No parece escucharme.

–Por eso nunca he querido irme, por eso amo tanto a los niños y es quizás también como castigo que no tendré ninguno.

Extiendo mis dedos hasta rozar su frente, su pelo y siento también una extraña vergüenza, casi remordimiento. Me levanto agotado y permanezco de pie en silencio.

Monólogo del cuervo

Más allá del alcance de la visión, temblores y destellos, llegan en rachas, opresivos, temerosos de no encontrar respuestas. Son ellos o es el miedo, se encierran dentro de él como una coraza. Vienen a mí porque yo los invoco, esa es la lógica; pero la lógica es un muro, del otro lado está la muerte

LOS PENSAMIENTOS

Jorge cobarde y perdedor ¿Acaso puede quererse a los muertos? Porque el siempre lo estuvo y lo que yo veía, tocaba y aún amo era algo borroso, ideal y distante. Nada.

«Mary, tengo miedo», me decía

Era Malaquías quien me hablaba desde la Edad Media; el monje franciscano hundido en el impúdico abismo de su sueño. Los labios resecos y negruzcos del veneno, la lengua agitada en el cerco de los dientes, los ojos con el blanco hacia arriba atrapados por el éxtasis y el sufrimiento por el placer oculto, entre el dolor y la rebeldía.

Yo percibía su deseo opresivo, fatigado, una mezcla absoluta de héroe de la Selva Negra, el cabello flotando al viento, tensos sus brazos musculosos y lazo el sexo –suprema negación a su poder femenino– renovando en una sola noche toda la grandeza del mito.

«¡No puedo más, entiendes, no puedo más!»

Mi presencia o la presencia de cualquiera lo devolvía como un mago maligno a aquel día de su infancia cuando había sorprendido a su padre y a Lico juntos.

«¡No puedo más!»

El caos repetido en todos los detalles. Me encontré a su lado burlando fosos, trampas, sonrisas burlonas, párpados atravesados por alfileres. Lo abracé.

«Quiero ser un muerto decente», dijo, «que nadie investigue mi vida, no quiero que se descubra que no fui más que una puta arrepentida...»

«No hables así, por favor», le dije, tapándole la boca.

«Que no sufran por mi causa, que mi madre ni Nora sepan lo que soy... que nadie más sepa lo que fui».

Moví los labios para articular las palabras que habían formado, más los labios no articulaban palabras. Dejé caer mis manos.

« ¡Yo soy como el coño, soy igual que mi padre!»

Yo sentía un anhelo, una necesidad de poder liberarme. Miré hacia arriba y vi el cielo enrojecido por el resplandor de las llamas, vi saltar a Jorge sobre las brasas con los ojos inyectados por el fuego, escuché su nombre gritado por las cenizas. Miré hacia arriba y pedí no estar enamorada de él para que siguiera viviendo, luego cerré los ojos para que no me diera en ellos aquel dolor tan grande e incomprensible, aquella belleza tan triste.

La oscuridad era áspera cortejada por los ecos que no tenían fin, como la nada, como aquella muerte tan inútil, tan misteriosa y tan egoísta.

«Daniel», pensé, que trabajaba en una investigación con sustancias radioactivas desconocidas.

«Daniel», le pedí a este, tomándolo de la mano y caminando con pasos leves lo conduje al cuarto donde Jorge dormía: «Tienes que ayudarlo a morir»

CAPÍTULO IX

Señales de humo

–¿Ya tienes la orden de registro y de detención de Daniel? –le pregunto a Ulises.

–A esta hora deben estar concluyendo los trámites burocráticos.

–¿Se mantiene la reunión para mañana en la Delegación?

–Sí y espera cosas no muy buenas para ti y para mí.

–Eso mismo pienso. ¿Tú sabes si Cárdenas conversó con María Julia y Serafín?

–Sí, ahí está el informe en la gaveta. Todo en regla, no hay problemas con la parte económica o contable. Muy buena opinión sobre Daniel, todavía no explican su «deserción». Confirmado lo dicho por él, una computadora limita el acceso a los laboratorios.

–¿Y las verificaciones a los demás trabajadores del equipo?

–Por la parte nuestra los estamos chequeando, hasta ahora gente más limpia que «estás limpio»; no pudo comprobarse ninguna relación ni casual entere ellos y Jorge o algunos de los sospechosos.

–¿Qué hay de las llamadas?

–Nada interesante.

–Me gustaría oírlas.

–¿Todas?

–Las que hayas seleccionado con alguna probabilidad.

Una grabación tras otra, como repetir un trozo de vida. Presiono el high-speed, otra vez la misma vida más rápida, un amago de algo cruel y contenido. Cifras, nombres, voces que se agitan y no entiendo.

El bombillo rojo intermitente se enciende en la planta de radio, después un ruidito especial y la voz mezclada con los parásitos.

–Veinte para cincuenta.

–Aquí cincuenta, adelante –responde Ulises tomando el comunicador en la mano.

–Estamos siguiendo a «la paloma», tomó una ruta Quince hasta el parque, ahora está dentro de la cafetería «El Soda», lleva diez minutos ahí.

Un presentimiento tan lejano y antiguo como el rumor rosa y verde que a veces acercándose y alejándose escuchaba en las lentas noches en el camarote de mi barco

–Se acerca el «Jaguar» –prosigue.

–¿Qué hace?

–Va para la cafetería... entró... «El Jaguar» se juntó junto con «La Paloma».

Lo cual quiere decir que Daniel y Mary están juntos allá dentro.

–Te copio, prosigue la vigilancia; sobre todo tú que te ocupas del ave no me la pierdas ni un segundo.

–Correcto, cambio y fuera.

–Muy inteligentes –dice Ulises –para «la cola» de Daniel es muy normal que salga a merendar al «Soda», todos los trabajadores del

«Antro» lo hacen; si no la estuviéramos chequeando a ella ese contacto hubiera pasado inadvertido.

Sentados él y yo, la vista en el aparato, el sonar más bajo crece con un zumbido sin tiempo, sensible y molesto.

Comienza a llover. Una llovizna fina que produce sobre los techos un largo y dulce murmullo.

–¿Qué te pasa? –pregunta Ulises.

–Nada –digo, pero es algo como un dolor profundo y misterioso que viene de más lejos, desde dentro.

–Veinte para cincuenta, veinte para cincuenta...

–Aquí cincuenta, adelante

–«La Paloma abandona el nido, «El Jaguar» no sale.

–No la pierdan

–Te copio, claro y fuerte. Cambio y fuera.

Ulises se vuelve y apoya la mano en mi hombro.

–Puede que Manolito Mena esté embrollado en el crimen y se halla llevado dos toneladas de esa sustancia para negociarla, pero lo que si veo claro es que esa muchacha está hundida en esto hasta el cuello.

Sé lo que quiere decirme y también lo que vive a mi alrededor, incubándose dentro.

–De todas formas ella no vale la pena –digo.

Me siento lleno de afecto y gratitud por él, por su amistad y su comprensión.

El teléfono interno suena; del otro lado de la línea me dice el carpeta.

–Una señora quiere verlo, teniente.

No pregunto su nombre porque la presiento. Personaje insignificante de cera, con la inseguridad de entregar, de desprenderse de una parte virgen de ella misma.

–Hazla pasar a mi oficina que enseguida voy para allá.

–Daniel no tuvo padre, lo crie yo sola a pulmones –dice ella, deshaciéndose del remoto fantasma que la persigue– ¡Cuantas veces lo aconsejé, tratando de abrirle los ojos!

–Cuéntemelo todo –le digo o le pregunto cómo continua o cómo acaba una historia de amor.

Ahora me habla con maravillosa y delicada sencillez; la fragilidad disculpada de las acciones de Daniel, ese lenguaje leve y doloroso de todas las madres, ese sentimiento patético y dulce que solo ellas introducen imperceptiblemente en su naturaleza.

–Ya sabe lo que creo que hizo mi hijo –me dice cuando concluye –lo único que le pido es que me prometa que no dejará que a él le suceda nada malo.

«¿Cómo se prometen esas cosas?» ¿Cómo se pide a una madre que entienda? ¿Cómo es?»

Monólogo del cuervo

Mis alas delicadamente abiertas, buscando en ellos algo que pudiese reconocer como propio; pero solo descubro esa cualidad anacrónica de caer, levantarse, crecer, encogerse, equivocarse otra vez, pero más soñadoramente real que cualquier sueño

LOS PENSAMIENTOS

Nadie, solo yo mismo puedo dar respuesta a mis interrogantes, el peso de la culpa no puede vencerme y además está Mary, ella y yo ahora unidos en el inevitable compromiso de resistir callados, algo tan fuerte como el cariño que le tengo, que siempre le he tenido.

Fue por ella y Jorge, el amor y la lástima ¿o no pasó nada y solo estoy soñando? Sí, las ideas contenidas una dentro de otras en un desvarío sin fin. Desde aquel día yo también debatiéndome entre la vida y la muerte sin que nadie se de cuenta, mi cuerpo a punto de evaporarse en la atmósfera irreal y brumosa del cuarto, del cabaret, de todos los lugares y el sonido de mi propio corazón desbocado. Años, siglos de espera por no tener a Mary; la vida que también se me va a causa de no aspirar su olor, de ese no algo caliente ardiéndome dentro, del no peso de su cuerpo desnudo encima del mío, de quererla tanto, de no frotarse, restregarse contra mi hasta el éxtasis sin fin.

Día fatal aquel en que desde la distancia oí su voz que me rogaba y me hacia olvidar su traición y la de Jorge; pobre Jorge, tan fuerte y tan frágil. Entonces perdí la resistencia y me abandoné al hechizo de su desastre; o el mío porque por alguna razón supe que él no era más que mi ex-amigo y

Mary más que todo. Era mi vida la que ambos estaban viviendo y sería mi propia muerte el que Jorge muriese.

«Daniel», me dijo Mary tomándome de la mano, «tienes que ayudarlo a morir»

«Espera, espera», dije, mirándola con ira, como si tuviese que darle además de palabras aliento.

El cuarto tenía algo de rancio y moribundo que trascendía cualquier frío intenso y cortante.

«No soy un asesino», agregué.

Yo que ignoraba lo que iba a hacer y que sabía lo que me vería obligado a hacer y a pesar de todas las razones no podía aceptar aquello. Mary, que buscaba ejemplos para justificar la eutanasia, como si tuviese la idea de evocar aquellas sombras condenadas, tan ligeras e inútiles como aquel que permanecía acostado en la cama.

Llegó el alba y yo sentía un viento que empujaba, rechazaba o destruía mi capacidad de escuchar y comprender la costumbre arraigada de soportar y soportar.

«Él solo tiene veinticinco años», dije.

Solo veinticinco años de desolación, de abrir los ojos y salir de aquella oscura, general y antigua afrenta heredada, cedida por los padres a hijos que respiraban surgiendo de la paternidad ambigua y por ello mismo hermanados perennemente con todos los jóvenes rendidos sobre una cama, por la carga aplastante del tiempo que acompaña a los viejos.

«¡No lo soporto más!», la voz de Jorge detenida retrocedió abriéndose en abanico y ascendiendo lentamente, pensamiento trocado en sonido perceptible y oral.

Tal vez en ese momento comenzó a brillar ese fulgor y el estruendo de mil caballos desbocados y yo vi mis labios escribir en el espacio donde nunca se oyó «está bien». La desesperada urgencia, comprensión o lástima para escapar enseguida o aferrarme desesperadamente a ese u otro sentimiento.

CAPÍTULO X

Nada

Desde la creación hasta el fin, el hombre constituye, en sí una contradicción.

Es muy raro: su cara, sus palabras, esa muchacha que se llama Mary y me hablará primero como si yo fuera para ella algo más o menos que un investigador. Es raro que pueda sentir por mí siquiera simpatía, pues yo no puedo sentir nada hacia ella o no debo. Ficciones de humo o de delirio, ese no ir a ninguna parte y no huir a ninguna parte. No es su belleza lo que me atrae, es algo que flota con ella, que cuando calla, cuando habla, vive a su alrededor, una fuerza desatada que no le cabe dentro.

Calles entrecruzadas con calles como los caminos de la historia, torres, iglesias, columnas y antiguas edificaciones. La ciudad vieja.

Un patio pavimentado con pulidas losas rojas y una fuente de agua conformando una serpiente mitológica, jarrones chinos, un macizo de palmeras con las hojas gruesas y opulentas, la pared de ladrillos y una puerta de madera labrada detrás de la balaustrada. La casa.

Mary está apoyada en la balaustrada. Se ve insignificante con su vestido negro; una calma dolorosa escapa de ella. Entonces escucho mi propia voz hablándole con asombrada y quieta incredulidad y tengo la certeza que estoy sentenciado y perdido en el misterio azul de sus ojos, de su instinto infalible de mujer.

Nos damos un beso. Una emoción turbia me gana.

–Entremos que hace frío –dice y aún a pesar de todo me sorprende la sencillez que late en estas palabras.

Los muebles, los cuadros, los espejos, todo me parece falso. Un paisaje incrustado en el mundo maravilloso de Oz.

–¿Quieres tomar algo? –me pregunta.

–Cualquier cosa

Nos sentamos. Dos copas pequeñas llenas de un licor espeso y oscuro. Un olor dulce y marchito viene hacia mi, evaporado y distante como niebla construida a martillazos.

El sol escondido tras la puerta cerrada, dorado lentamente como si muriera. La sala cálida y luminosa con el mortificante aroma del vino enturbiando mi razón y ella mirándome.
–Linda casa para una linda muchacha –digo.

No hay ofensa en mi tono, no para aquella jovencita salida de un pueblo del interior en busca de una vida regalada y elegante, con su disfraz de estudiante de Filología.

–¿Todo esto lo compraste antes de Jorge?

–Antes.

–¿Por qué?

Me devuelve la misma mirada asustada.

–No quería seguirlo haciendo.

–Pero él lo sabía

–Le prometí que todo había terminado.

–No obstante algo falló.

Quizás nada para los incorregibles proxenetas de la Riviere que poseen chalets con grandes jardines y piscinas con el fondo pintado de azul; pero para Mary algo cambiaba. «Y acaso todo cambia», casi murmuro y no sé porque veo su cuerpo raramente transparente.

El silencio cuando no necesitamos palabras, cuando todo y las sonrientes mentiras han huido hacia un sueño, un sacudimiento que no puedo controlar.

–¿Por qué dejaste tu pueblo? –pregunto.

Era el verano de aquel campito perdido y con nombre de mártir. La humedad de las noches junto a las márgenes del riachuelo. Las formas de los árboles, las lecciones de la escuelita primaria clavándose hasta el centro del pecho, convertidas en humo. El nombre del primer novio dibujado suavemente con el dedo sobre el cristal del último ómnibus.

–No, nunca he dejado a mi pueblo.

Quizás el pueblo la dejó a ella y yo reconozco la mitad de su olor y enseguida la otra; un mar de flujos lentos como si descubriera una historia saliendo de entre las piernas de todas las muchachas soñadoras, olorosas a esculturas, cúpulas y falsas columnas, a sexo húmedo y pezones erizados.

Inesperadamente ella dice:

–Lo sabes todo ¿verdad?

La sonrisa inmortal de la derrota castigándole los labios. Sé como ella me expresa que hubiera podido ser:

(El viento que soplaba sobre la cara de los camareros y los turistas travestidos de reyes magos junto a muchachas con sonrisas compradas por ellos y también por opulentos gordinflones, especuladores de dólares, nuevos ricos improvisados ...Mary fuera del tiempo, antes ligada a él, sostenida por él en el espacio que le hubiera permitido salvarse no conociendo a Daniel ni a Jorge, el hecho consumado de solo existir en el lapso en que los estaba perdiendo, como perdió su tiempo de Gracias después del noviazgo con mi primo o con «Jesucristo vuelto a crucificar en legítima defensa, «le gustaba decir porque él no la atacaba como los otros sino de una forma más dolorosa)

–Engañé a Daniel, el pobre. Me fingí interesada en su investigación y al final le pedí me trajese una muestra de esas –me dice.

(Tomó de la mano a Daniel y caminando levemente con los pies desnudos lo condujo al cuarto, ella con los labios entreabiertos como ahora, en los que se ve el reflejo incierto y nebuloso que aparece en los rostros escondidos en lo espejos, donde el contraste   con los cristales hace las imágenes alargadas y falsas)

Me cuenta y yo percibo la mirada afectuosa y huidiza al mismo tiempo; hay en sus palabras algo marchito. Del rostro ha desaparecido aquella pureza que la iluminaba cuando la vi por primera vez, está rápida, súbitamente envejecida.

(«Mi vida», le dijo Mary a Jorge un día sin tiempo, porque el tiempo no importa, sentada frente a él cerca de una de las ventanas abiertas a la noche –o a la muerte. Le dijo y explicó que aquella botellita robada por Daniel del laboratorio podría tener cualquier valor en cualquier lugar donde pudieran ir juntos: un abrigo, el refugio consagrado a los fugitivos, la respuesta del Norte a los espejismos paralizados por las propias imágenes, por el reflejo y la integridad de los cuerpos. «¡Estás loca!», le respondió Jorge, «no quiero saber nada más de Daniel, que no te vea ni hablando con él», una sonrisa incrédula jugueteando en la cara, la vida escapando por los ojos «Dame acá, yo se la voy a devolver», agregó. Había un insulto en su voz la noche que dijo eso y lo demás a Mary y las palabras como él se fueron perdiendo: « ¡Pero esto es alcohol puro! », dijo y se dio un trago sin lagrimearle los ojos siquiera)

Ahora Mary no es más que un color sin sonido. Las imágenes estallan ante mis ojos sin que el derrumbamiento empañe con la vulgaridad de un ruido la nobleza incomprensible de sus vacilaciones.

No digo nada. Sobre las palabras que ella intenta fabricar se sobreponen poco a poco los dolorosos y queridos recuerdos de Jorge, tío Bena, tía Emilia, –pobre tía– los rostros marcados por el dolor y la sensualidad de los personajes que entrecruzan nuestras vidas.

Mary habla...

(Jorge, soledad, universo de sugestión, lúgubres fantasías y horribles sufrimientos, ideas fragmentadas y desordenadas, la materia orgánica en lenta descomposición, negándose a acudir al médico, tratando de protegerla bajo cualquier circunstancia. Sincopada, cortada a pedazos la vida escapaba, la razón escapaba; el refugiado en el miedo, en el oscurantismo y la no traición a su antiguo amor, en el falso concepto de la hombría...)

–¡¿Cómo pudiste esperar tanto sin decirlo a nadie, viendo como mi primo se moría poco a poco?!

–Tuve miedo, me asusté mucho... después no sé.

–¿Qué me ocultas, a quien tratas de proteger?

Ella acerca su mano y por un instante pienso que me está acariciando, en verdad roza con sus dedos el rosado pálido, el gris verde azul, aquella luz que aún emana de Jorge, transparente y pura, la luz que se irá deshaciendo suavizada por el presagio de la noche.

–Intento no pensar en él, no recordarlo, pero una y otra vez me pregunto cuales serían sus sensaciones ante la mas abominable y espantosa de todas las caídas –se lamenta.

Presiento que no hay nada infame en su insinceridad, que hay una razón muy profunda en las dudas que me provoca y tanto el sonido modulado que escapa de sus labios como el azul claro de los ojos, en exquisito acorde con el gris difumado de los pensamientos, despiertan en mí una especie de inconcebible piedad y respeto por esta Mary de triste y humillado rostro que habla con tan dulce resignación.

Y después de un largo silencio en el que parece reunir, casi proteger las imágenes de sus recuerdos tras la sombra de los párpados, me pregunta:

–¿Me darán muchos años?

Del exterior de la casa se oye llegar un débil canto, casi un lamento y yo escucho además en toda ella un dolor bellísimo, un desafío noble y resuelto. A la voz le falta sin embargo el eco de los gratos olores que acompaña siempre al sonido de las músicas lejanas, el encanto de los países mediterráneos y las luces del mediodía.

–Tenemos que irnos –le digo y ella se aferra vacilante a mi brazo.

–¡¿Ya es la hora?!

La sala tiene el piso carcomido y las paredes cubiertas por viejos cuadros sin marcos extrañamente ladeados y los muebles con la tapicería manchada y rota. Abro la puerta con un sonido de bisagras oxidadas. Las losas del patio desasidas, el agua de la fuente estancada, la terraza podrida y desnivelada contra el resplandor de la ciudad en un cielo eternamente nublado.

Como un eco incierto el roce de las gomas del auto contra el asfalto. Anochece y percibimos las primeras huellas de la vida nocturna de la ciudad, la sosegada y rítmica reencarnación del «Hombre de la Multitud», de Poe.

Rodeado del ruido creciente, aumentado incesantemente del punto de partida como manchas geométricas percibidas en profundidad por nuestra visión. Al bullicio de las cosas inanimadas se suman también voces, la materia fantasmal en movimiento que corresponde a una transformación real o la resurrección de la noche, un arbitrario reerguirse de los escombros convertidos en edificios, cabarets, restaurantes... En contrapunto me siento abrigado en el crepúsculo; toda la agresividad del paisaje, su calidez es el ahora en todas partes, incluso en estas calles tan diferentes del ayer, de anteayer y del mañana.

«Soy tan viejo como los jardines colgantes de Babilonia, como las pirámides de Egipto», pienso, preguntándome que quedará para el futuro; quizás solo una música acompasada y armoniosa o la posibilidad de la renuncia para llegar alguna vez a negar la forma, percibir por siempre su cuerpo, cada gota de sangre de las miles de arterias de su cuerpo.

–¡Quisiera bailar! –dice.

Me quedo mirándola. Dejo que el tiempo se desenvuelva en silencio; el alma, la piel, la carne misma.

Mientras giramos en ese único instante que nos está permitido me aprieto a ella y la beso los labios.

La beso y después le alcanzo al tío Bena –qué nos lee a Jorge a mí un fragmento de la carta de amor inconclusa de Martí a la poetisa Helent Hunt Jackson –un vaso de agua.

Es el agua, el azul profundo de las olas, el viejo plateado y maravilloso del cielo que contempla desde el puente de su barco un joven marinero.

Los policías, sin tiempo para recordar que no siempre lo fuimos, sabemos muchas cosas o no sabemos nada. ¿Acaso no es que leyendo a Edgar Poe lo imagine todo?

Al final no sabremos nada... nunca más.

EPÍLOGO *del cuervo*

Son una fuerza renovada en su propia debilidad, una mística mansión que se derrumba; como un zumbido leve parecido a la tierra podrida, a la tierra muerta, apagándose poco a poco en el silencio poblado de sufrimientos y penumbras.

No quedarán ni siquiera los escombros: últimos refugios del naufragio, del último lugar donde las palabras, las ideas, todo, se entrelaza con el único fin de formar otras vidas.

—¡Oh mi cuervo! —dijo Edgar aquel lejano amanecer y algo maravilloso, puro e inocente había en sus palabras.

Pero a la vez su voz sonaba desesperada, con una angustia secreta y extraña que evocaba un inmenso y profundo espacio vacío….

ÍNDICE

©Copyright: Reynaldo Cañizares
©Copyright: De la presente Edición, Año 2018 WANCEULEN EDITORIAL

Título: NEVER MORE
Autor: REYNALDO CAÑIZARES

Editorial: WANCEULEN EDITORIAL
Sello Editorial: WANCEULEN NARRATIVA

ISBN Papel: 978-84-9993-908-7
ISBN Ebook: 978-84-9993-909-4

Depósito Legal: SE 1520-2018

Impreso en España. 2018.
WANCEULEN S.L. C/ Cristo del Desamparo y Abandono, 56 -
41006 Sevilla
Webs: www.wanceuleneditorial.com y www.wanceulen.com
Email: info@wanceuleneditorial.com